U0576513

中华
历史故事

韩鸭鸭 刘天琦 张少博 江倩倩 编著

中华书局

图书在版编目（CIP）数据

中华历史故事 / 韩鸭鸭等编著. —北京：中华书局，2017.1（2021.2重印）

（中小学传统文化必读经典）

ISBN 978-7-101-12377-7

Ⅰ．中… Ⅱ．韩… Ⅲ．历史故事－作品集－中国 Ⅳ．I247.8

中国版本图书馆CIP数据核字（2016）第314404号

书　　名	中华历史故事
编 著 者	韩鸭鸭　刘天琦　张少博　江倩倩
丛 书 名	中小学传统文化必读经典
责任编辑	张　敏
出版发行	中华书局
	（北京市丰台区太平桥西里38号 100073）
	http://www.zhbc.com.cn
	E-mail: zhbc@zhbc.com.cn
印　　刷	中煤（北京）印务有限公司
版　　次	2017年1月北京第1版
	2021年2月北京第5次印刷
规　　格	开本/ 880×1230毫米　1/32
	印张5¾　插页2　字数60千字
印　　数	24001–30000册
国际书号	ISBN 978-7-101-12377-7
定　　价	15.00元

致敬经典，亲近经典

　　中华传统文化经典著作历久弥新，就像岁月打磨的一颗颗光亮的钻石，等待我们去探索其中的奥秘。经过几千年的积累，传统文化经典著作浩如烟海，那么，对于中小学生来说，哪些是现阶段"必读"的，哪些是可以暂时放一放，留待以后再读的呢？为此，我们根据教育部颁布的《完善中华优秀传统文化教育指导纲要》对中小学生阅读传统文化经典著作的指导精神，参考《义务教育语文课程标准》和《全日制高中语文课程标准》关于传统文化的推荐阅读书目，并结合小学、初中和高中教材以及中高考涉及的传统文化著作，编辑了这套"中小学传统文化必读经典"丛书。具体来说，丛书又可分为以下几组"必读"小系列：

　　必读故事经典：《中华成语故事》《中华神话故事》《中华历史故事》《中华民间故事》

　　必读蒙学经典：《三字经 百家姓 千字文 弟子规》《声律

启蒙》《笠翁对韵》《增广贤文》《幼学琼林》

必读思想经典：《论语》《孟子》《大学 中庸》《老子》《庄子》

必读历史经典：《史记》《战国策》

必读古诗经典：《诗经》《唐诗三百首》《宋词三百首》《千家诗》

必读古文经典：《古文观止》《世说新语》

必读小说经典：《西游记》《水浒传》《三国演义》《红楼梦》

以上几组"必读"经典，收录了中华传统文化著作中的"最经典"，涵盖了思想、历史、文学、语言文字等多个领域，对于中小学生来说已经是"蔚为大观"了。

考虑到不同学段以及经典本身的内容特点，丛书在体例上不求统一。如"必读故事经典"，在保留故事精髓的前提下，改编为更适合小学生阅读的内容，并且在故事后附经典原文，链接相关故事或知识。"必读蒙学经典"，添加了拼音、注释、译文和解读，方便小学生诵读和理解。"必读小说经典"，对书中不易理解的字词进行了注释，使读者能够无障碍阅读。其他系列的经典则根据情况，有的收录原著全文，有的选录最经典的章节或篇目，主体内容包括正文、注释、译文和解读四个部分。所有经典原文，皆选用中华书局的权威版本作为底本，注释精准，讲解深入浅出，充分考虑中小学生的阅读实际。在尊重前人研究成果的基础上，也适当阐发新思路、新观点，激发中小学生的探索、求知欲望。每本书的最后，设置了独特的"阅读方案"，有的对经典的内容进一步讲解和拓展，有的对经典的思想内涵进行深刻阐述，有的对如何阅读经典给予阅读指导，有的梳理了与经典相关的知识或趣闻……总之，我们希望提供一套真正适合中小学生阅读的传统文化经典读本，让中小学生读得懂，读得有收获，读得有趣味，对经典既存有崇高的敬意，又不敬而远之，而是乐于亲近经典，体会到与经典相伴的快乐。

本套丛书由富有研究成果的专家学者和教学经验丰富的一线教师，根据中小学生的阅读需求协力编写而成。在此向所有参与编写的人员表示衷心感谢。

书和读书人是一个永恒的命题。少年时代正是读书的好时候。少年读书有着自身的特点，古人有一个形象的说法：少年读书，如隙中窥月。这是由少年的阅历所限。我们也许不能拓宽这个小小的缝隙，但我们可以在这一隙之外，为读书的少年拂去眼前的云雾，展现书海中的明月和几颗灿烂的星。

中华书局编辑部

目　录

阅读方案

武王伐纣

　　商纣王是商朝的最后一个君主,他天资聪明,气力过人,但他嗜酒好色,放荡不羁,既不听臣子的劝诫,也不愿承认自己的错误。商纣王有一个美丽的妃子,叫妲(dá)己。妲己美得沉鱼落雁、闭月羞花,纣王十分宠爱她,对她言听计从。为了讨得美人欢心,纣王下令扩建园林楼台,将酒注入池子,把肉悬挂在林间,让男男女女赤身裸体在园子中追逐嬉闹。纣王和妲己看得热闹,喝得开心,通宵达旦,寻欢作乐,如此往复。

　　纣王的荒淫无度,引起了大臣和百姓的普遍不满,有的诸侯甚至起兵造反。于是纣王采取了严刑酷法,发明了一种叫炮烙(páoluò)的酷刑,让犯人在涂油的铜柱上爬行,铜柱的下面点起炭火。铜柱烧得滚烫,犯人爬不动了就会掉进烈火之中,化为灰烬。

　　纣王任用西伯、九侯、鄂侯为三公。九侯有个美丽的女儿,献给纣王,可是纣王不喜欢她,一怒之下就把她杀了,把九侯也剁成肉酱。鄂侯不满,纣王把他也杀了,制成肉干。西伯听闻之后，暗自叹息，纣王于是把他也囚禁起来。西伯的属下赶紧托人寻来美女、珍宝、好马献给纣王，希望能够营救西伯出狱。纣王见了非常满意，高兴地说："这些宝贝但凡有一件就可以放了西伯，何况这么多呢！"西伯出狱后，献出洛水以西的土地，请求废除炮烙之刑，纣王应允。

西伯大难不死，回到自己的周国，听从谋臣姜子牙的建议，推行仁政，教化民风，以图早日完成伐纣大业。不少诸侯纷纷投奔他，国力渐渐强大。周的发展让大臣祖伊感到担心，他对纣王感慨说："只怕我们殷商国运将尽啊！这都是大王您荒淫无道，自绝于天！现在百姓们都盼着殷商灭亡，您如今作何感想呢？"纣王哈哈一笑，说道："我生下来就是一国之君，我不就是承奉天命的人吗？怕西伯做什么！"

周国从岐下迁都到丰的第二年，西伯逝世，太子姬发即位，这就是周武王。武王重用姜子牙、周公、召公、毕公一班能人贤士，加紧部署伐纣计划。

武王九年，武王决定挥师向东讨伐殷商，他激励军队说："我姬发无德无能，全靠先祖留下诸位贤臣，才得以继承先祖功业。大家一定要尽心竭力，全力以赴！"被尊称为"师尚父"的姜子牙高声下达军令："集合部下，带上船只，迟到者斩首！"大军一路浩浩荡荡，到达盟津，横渡黄河。说来奇怪，船到河心，忽然一条大白鱼跳进船中，武王俯身拾起来用它祭天。渡河之后，又忽然一个火团从天而降，轰隆作响，落在屋顶上，化为乌鸦的样子，红彤彤的。诸侯不约而同前来盟津会师，见此情景，大家都嚷嚷说可以伐纣啦！只有武王沉吟半晌，然后说道："你们还未知天命啊，现在还不到时候！"于是果断下令退兵。

就这样又过了几年，纣王变本加厉，继续着荒淫无道的日子。王叔比干对天长叹："做人臣子的，还是要拼死进言啊！"于是冒死劝谏，纣王震怒，指着比干厉声喝道："我早就听说圣人的心都有七个孔，不知王叔的心有几个孔啊？"可怜忠心耿耿的比干被剖开胸膛，挖出心脏。朝中人心惶惶，不少大臣匆忙逃往周国。

武王觉得时机成熟了，就昭告天下："纣王罪孽深重，不可不伐！"于是率领战车三百辆，勇士三千人，披甲战士四万五千人，再度东进伐纣。大军很快渡过盟津，与诸侯会合。

周历二月初五甲子日的黎明，天刚蒙蒙亮，武王与姜子牙已经合作写了一篇《泰誓》。大军严整待发，静静地集合在牧野，等待最后的誓师。只听武王朗声说道："将士们，高举你们的戈，排齐你们的盾，竖起你们的矛，让我们来发誓吧！纣王听信妇人谗言，自绝于天，置天地正道于不顾，置兄弟亲族于惘然，今日，我姬发就要替天行道，和诸位勠力同心！希望大军威风勇猛，像猛虎，像蛟龙！"

　　纣王听说武王攻来，发兵七十万前来应战。姜子牙率领百名勇士做先锋，带着大军长驱直入。纣王这边虽然人数众多，可是早就没有了打仗的心思，纷纷倒戈，投降武王。

　　纣王眼看大势已去，落寞地登上鹿台，穿上他最为华美的衣服，跳进了熊熊大火之中。武王带着胜利之师进入了朝歌，百姓夹道欢迎，诸侯跪拜行礼。武王一边回礼一边祝福："愿上天赐福给你们！"

　　武王来到纣王自焚的地方，砍下他的头颅，挂在太白旗上示众，又处死了妲己，修整了比干的坟墓。纣王的儿子也得到分封。在一片拥护声中，周武王做了周天子，追封父亲为周文王，开启了周的天下。

　　这个故事告诉我们：得民心者得天下。纣王暴虐无常，倒行逆施，使百姓怨声载道，自己众叛亲离，最终身首异处。而周国，无论是西伯还是武王，都非常注重施行仁政，重用贤臣，以仁爱感召天下。牧野一战，民心所向，众望所归，谁胜谁负，不言而喻。

周公吐哺

周公，姓姬名旦，又称叔旦，是周文王的第四子，也是武王的亲弟弟，是我国古代著名的政治家，因为他的采邑在周，爵为上公，所以人称周公。

武王在位时，周公曾跟随其东征伐纣，立下赫赫战功，展示出他在政治、军事方面的雄才大略。因为伐纣有功，武王把鲁地册封给他。面对初定的国家，周公没有就任，而且决定留在朝堂，辅佐武王，一统天下。

有一次武王生病，而当时局势并不太平，王公大臣们方寸大乱，忧心忡忡。就连姜子牙和召公也惶惶不安，只能恭敬虔诚地进行占卜，盼望武王尽快好起来。只见周公镇定自若，斋戒沐浴，登上祭坛，面北祷告，宣读册文："先祖啊，武王如今积劳成疾，一病不起了！倘若你们需要有人侍候，我愿意代替武王前去！我心思细腻，侍奉先祖神明一向是我的专长，而不是武王擅长的啊！他承天受命，四方百姓归依，江山千秋万代。所以，让我去吧！任何疾病痛苦，我愿一人担当！"也许是手足深情感天动地，武王果真渐渐好转。周公让人把祈祷的册文藏进了用金属封缄的柜子里，叮嘱不许说出去，更不能让武王知道。

武王逝世以后，儿子姬诵即位，这就是周成王。周公再次面临离开还是留下的两难选择。如果离开，就是从此闲云野鹤，优哉游哉。可是成王还年幼，不能自主，如果朝中有人心怀不轨，成王一定吃亏。周公想到这里，辗转反侧，夜不能寐，决定让儿子伯禽代他去鲁地受封，然后自己留下，继续辅佐成王。

成王从心里感激这位重情重义的王叔，对他委以重用，十分信任。可是，成王的几个王叔里面，管叔的年龄最大，如果按照兄终弟及的原则，应该由管叔摄政。管叔十分不满，甚至怀疑周公篡改了武王遗诏，于是他联合了其他几个兄弟，打算一起向周公发难。

与此同时，殷商的旧贵族们随时准备着复辟。当年武王灭商，将殷商旧地一分为三，派自己的三个兄弟管叔、蔡叔、霍叔前去治理，同时监视纣王之子武庚的言行动向，史称"三监"。武庚老老实实等待了多年，终于等到这样一个大好机会——

周公辅政引起王室内部矛盾，他的复国梦想重新燃起希望。

很快，管叔等人与武庚一起，结成了利益同盟，联合起兵，要另立门户。而朝堂之上，姜子牙和召公也疑虑重重，举棋不定。眼看一场大混战即将到来。

周公沉着冷静，首先争取到姜子牙和召公等辅政大臣们的信任与支持，紧接着以成王名义发兵平乱，诛杀武庚、管叔，放逐蔡叔。两年时间，一切归于和平、安定。

周公没有沉浸在胜利的喜悦中自我陶醉，为了防止殷商旧部卷土重来，他将东征时期俘虏的遗民们全部西迁，在洛阳兴建了一座城池取名"成周"，派遣重兵驻守，以巩固西周政权。为了加大对统治区域的控制，周公力推分封制，将其进一步扩大，由诸侯控制着当地的政治、经济、文化等重要方面。这在当时也是对周政权强有力的维护。而要实现对诸侯的管辖控制，周公想到了"制礼作乐"。所谓"制礼"，即周王为"天子"，是天下共主，是"大宗"；各路诸侯均为"小宗"，是臣属；诸侯与诸侯之间，按照爵位也有高低之分；诸侯之下，还有卿、大夫、士。这样一来，就有了君臣、上下、父子、兄弟、亲疏、尊卑、贵贱之分。这套礼仪制度在后世得到了孔子的高度认同和继承发展，成为了儒家思想的重要部分。所谓"作乐"，就是在祭祀和打仗的时候用乐舞以显隆重，后来以至会盟、饮宴、婚丧嫁娶都用乐舞，突出仪式感。

周公治国，求贤若渴。他送伯禽去鲁地赴任，临别时语重心长地说："我是文王的儿子，武王的弟弟，成王的叔叔，按理说我地位尊贵吧，那又怎样呢？有时候为了接待贤士，我正洗着头发呢，听说来人了就赶紧把头发捧起来；正吃着饭呢，听说来人了就赶紧吐出食物放下饭碗。一顿饭吃吃停停，饭菜全凉了，就这样还生怕错过任何一个栋梁之材呢！你去了鲁国可千万不能骄傲自满啊！"这就是"周公吐哺"典故的由来。三国时曹操横槊赋诗，慷慨吟咏出"周公吐哺，天下归心"的千古名句，以示自己的求贤之心。

对于成王，周公一向关爱有加，无微不至。成王幼时病得厉害，周公心急如焚，剪掉自己的指甲扔到河里，对河神祈祷说："成王还是个孩子啊，有什么错误就惩罚我吧，让我去死吧！"成王真的就一天天好起来。周公摄政到第七年，还政于成王，自己重新做回臣子的本分，还写下《多士》和《毋逸》两篇文章，劝诫成王要立德修身，谨言慎行。

后来有人在成王面前进谗言，说周公有谋逆之心。周公听闻，长叹一声，逃往楚地。成王翻阅文书时，无意中看到当年自己重病不醒时周公为自己写下的祷辞，往事历历在目，不禁热泪盈眶，急忙派人迎回周公。

周公死后，成王没有按照臣子的待遇给他安排后事，而是将他葬在文王的墓旁，以示身份特殊和地位尊贵。

周公的故事让我们看到了一个美好的人，忠诚，尽责，果敢，有担当。最为难能可贵的，周公不仅仅是一个有才华谋略的人，更是一个爱才惜才、虚心虔诚的人。周公以大爱待天下，唯有一代圣贤，方能如此吧。

千金一笑

周幽王是西周的最后一位天子，他在位期间贪恋美色，日日在王宫里歌舞升平，根本不理朝政。当时关中地区大地震，灾民流离失所，关中守臣秉实以告，不料幽王轻描淡写地说："山崩地裂，这不是常有的事吗？何必大惊小怪地来告诉我呢？"辅政大臣们听到后，个个气愤不已，纷纷感慨说："我大周的气数将尽了！"

有一个叫褒珦（xiàng）的大夫，生性耿直，冒死进谏："大王，您重用阿谀奉承的奸佞小人，驱逐一心为国的栋梁之臣，这样下去，恐怕江山社稷不保啊！"幽王听后大怒，就下令把褒珦关在大牢里，一关就是三年。

褒珦的家人非常着急，想尽一切办法去营救他。他们听说幽王好色，于是找到一位绝色佳人，教她唱歌跳舞，又教她规矩礼数，取名褒姒（sì），然后把她打扮得光彩照人，进献给幽王。

幽王一见褒姒，明艳可爱，顿时惊为天人，龙颜大悦，当即下旨放了褒珦，官复原职。从此幽王与褒姒出双入对，形影不离，饮酒寻欢，一连十多天不去上朝。

褒姒仗着幽王的专宠，根本不把申后放在眼里，就是路上遇见了也不行礼。太子宜臼看着母亲受气，就去找褒姒理论，一把揪住她的衣领大声呵斥："你算什么？我母亲贵为王后，你怎能这样目中无人！"褒姒吓坏了，哭得梨花带雨，要幽王为她做主。褒姒说："申后和太子容不下我已经不是一天两天了，他们是想要害死我啊，我死不足惜，可是已经有了两个月的身孕，求大王放我出宫去，让我平安生下孩子吧！"幽王听了非常生气，就传旨将好勇无礼的太子发配到申国去。

褒姒怀胎十月，顺利生下一个男孩，幽王给他起名伯服，非常宠爱，渐渐有了废嫡立庶的心意。于是褒姒串通朝臣，里应外合，说王后善妒，品行不佳，怂恿幽王废了申后和太子，立褒姒为后，伯服为太子。

褒姒是一个冰美人，从未在幽王面前笑过。无论是听乐工弹奏优美动听的曲子，还是看宫人跳起热烈浪漫的舞蹈，褒姒就是不笑。幽王心里着急，就问她："爱妃啊，音乐和舞蹈你都不喜欢，那你喜欢什么呢？"褒姒想了想说："我喜欢听丝绸撕裂的声音。"幽王命人买来彩色的丝绸，派力气大的宫女撕给她听，可是褒姒还是不笑。幽王百思不得其解，褒姒说："我生来就不会笑。"幽王暗下决心，一定要博美人一笑，于是派人四处张贴告示说："不管宫里宫外，有谁能让王后笑一次的，就赏他千金！"

佞臣虢（guó）石父一心想得千金，就把主意打到了烽火台上。烽火台是当时重要的军事防御设施，当士兵发现敌人入侵时，就点起烽火，台台相连，传递消息，让更多的人知晓敌情，好及时增派兵力共同防守。虢石父向幽王献计说："昔日西戎进犯，先王为了抵御敌寇，就在骊山脚下点起二十多个烟墩，架起十多面大鼓，遇有敌情就点狼烟鸣大鼓，四方诸侯看见就会出兵增援。大王何不效仿先王，与王后同游骊山，烽火戏诸侯博王后开怀一笑呢？"幽王连连称好，不顾群臣阻拦，要与褒姒游骊山点烽火。

二人驱车前往骊山，晚宴后，幽王传令点燃烽火。一时间，狼烟四起，火光冲天，鼓声大作。诸侯们看见烽烟，都以为是军情告急，认为是犬戎族的人打过来了，于是纷纷率领部下快马加鞭连夜赶往骊山救驾。到了骊山脚下，诸侯们跑得满头大

汗, 气喘吁吁, 却个个心里嘀咕, 只听到丝竹管弦之声, 哪有见到一个犬戎兵的影子呢? 再定睛一看, 周幽王正和王后褒姒坐在高台上举杯同饮呢。

幽王派人传话给诸侯: "今晚没什么事, 辛苦大家了, 请回吧。" 原来并没有敌情, 是幽王和王后放烟火玩呢! 诸侯们听了火冒三丈, 却面面相觑, 敢怒不敢言, 各自怀着怨愤悻悻离去。

褒姒看到千军万马就这样呼之即来挥之即去, 诸侯们一晚上东跑西颠无功而返，不禁嫣然一笑。就是这一笑，倾城倾国，周幽王喜出望外："爱妃一笑，百媚俱生！"下令赏虢石父千金。周幽王千金换美人褒姒一笑，这就是"千金一笑"的来历。

申侯得知申后和太子被废，心中气愤不已，于是联合西戎一起讨伐无道的周幽王。当兵临城下时，幽王惊慌失措，匆忙传令烽火台点火。这一次，依旧是狼烟滚滚，等了一天一夜，却没有一个诸侯前来救援了。幽王心中叫苦，只得带着褒姒、伯服从王宫后门仓皇出逃，不料路上遭遇申侯的人马，幽王被乱刀砍死，一命呜呼。

申侯拥立旧太子宜臼继承大统，这就是周平王。平王迁都洛邑，开始了东周的故事，西周时代从此终结。

这个故事告诉我们，周幽王这样的人，多行不义必自毙。昏庸暴戾，沉迷女色，弃用忠臣，宠幸佞臣，又为了博佳人一笑做出"狼来了"的闹剧，拿江山社稷开玩笑。当他真正身陷危难时，诸侯不愿意再相信他，也没有人去救他，真是自食其果啊！

老马识途

春秋时期，齐国国君齐桓公戎马一生，南征召陵，北伐山戎、孤竹，西征大夏，九次会合诸侯，使天下安定，成为春秋五霸之首。这些功绩的取得，离不开管仲的辅佐。

当初齐国内乱，管仲、召忽辅佐公子纠出奔鲁国，鲍叔牙辅佐公子小白（即后来的齐桓公）出奔莒（jǔ）国。后来齐王被杀，大臣们商议迎请在外的公子。得知消息后，鲁国一面派兵护送公子纠回国，一面派管仲带兵埋伏在莒国的路上，截杀公子小白。

公子小白纵马经过的时候，管仲发箭，射中小白腹部，手下人一阵慌乱，大叫道："公子不行了！"管仲将消息报告给公子纠后，他们放缓了行程。到了边境，却听闻公子小白已经即位。原来小白中箭是假的，管仲射中的是他的衣带钩，他佯装中箭，瞒过了管仲和追兵，昼夜兼程提前赶回齐国。齐国拒绝鲁国送回公子纠，和鲁国开战，鲁国战败，应齐国要求杀死了公子纠，召忽自杀，管仲被囚禁。

齐桓公一心想杀掉管仲，报一箭之仇。鲍叔牙劝阻道："我与管仲相识很久，他没有自杀是因为他的抱负没有施展。如果您只想治理好国家，有我和高傒（xī）就足够了，如果想称霸天下，非管仲辅佐不可。"齐桓公听从了鲍叔牙的建议，对鲁国使臣说："管仲是我的仇人，希望你们能送他回齐，寡人把他剁成肉酱才甘心。"回国之后，管仲得到重用，治国有方，被齐桓公尊为"仲父"，有很多故事流传下来。

山戎是居于北方的少数民族，靠游牧打猎为生，强大之后不断南下侵扰齐国和燕国边境。齐桓公二十三年（前663），山戎进犯燕国，燕国向齐国求救。齐桓公亲自带兵救燕。

齐军势如破竹，很快就打败了山戎，但山戎周围还有一些小国，齐桓公为绝后患，顺势带兵攻打孤竹国。孤竹国树木茂盛，地形复杂，齐军进山的时候还是春天，准备回去的时候已经到了冬天，北地严寒，大雪覆盖之下已经找不到来时的路了。大军每天需要粮草，一旦迷路被困后果非常严重。本想找当地人带路，可是孤竹已被灭国，活下来的人也不多，一时找不到熟悉山路的人。

就在大家一筹莫展的时候，管仲站出来说："找一些老马，让它们带我们出山吧。"东郭牙首先反对："此计不可行，现在大雪封山，连人都走不出去，何况是马呢？"其他人纷纷附和。齐桓公对争论的群臣说："这次我还是支持仲父，先找几匹老马，解开缰绳，让它们在前面带路，后面跟上几个士兵，看看能不能走出去。"

很快太阳西沉，月影东来，山中一片宁静，跟去的士兵没有半点消息传回。桓公无奈，看来还得另想办法出山。就在他手按虎符、准备出动大军之时，帐外传来消息，士兵在老马的带领下找到出山的路了。众将士一片欢呼，佩服管仲的足智多谋，管仲却说："并非我有智慧，是老马有经验，能够辨别方向，记得住山里的路，我只不过是善于学习罢了。"世人并不愚昧，只是不够谦虚，不会效仿前贤，更不会低头向老马学习。

齐桓公能够成为霸主离不开管仲的辅佐，管仲之所以成为名臣也在于桓公的赏识，齐国能成就霸业是君臣共同努力的结果。管仲去世前曾劝谏桓公不要重用易牙等人，桓公不听，死后五子争立，出现了"停尸不顾，束甲相攻"的惨剧，齐国也随之衰落了下去。

孙武练兵

春秋末期，齐国诞生了中国历史上最为有名的军事家，他就是被后世尊称为兵家鼻祖的"兵圣"孙武。孙武祖上本不姓孙，因世代为将，战功卓著，被赐姓"孙"。在古代，"止戈"为武，"武"字意为手拿武器作战，古兵书上说"武有七德"，即武力可以用来制止暴力，消灭战争，保持强大，巩固功业，安定百姓，团结大众和丰富财物。孙武的父亲期望自己的儿子能够继承家族的武学传统，成长为国家的栋梁之材。

孙武自幼受将门家庭的熏陶，聪慧睿智，喜欢军事。他常常缠着父亲讲打仗的故事，而且百听不厌。除了听故事，孙武还有一个最大的爱好就是看书，尤其是兵书。孙家是一个军事贵族世家，家中收藏的兵书非常多。孙武小小年纪，就天天扎进书堆里钻研兵法，遇到不解的地方就向长辈们请教。日积月累，孙武的军事思想逐渐成熟起来，他渴望到真正的战场上训练兵士，领兵作战。此时，吴国的公子光刚刚夺取王位，也就是历史上有名的吴王阖闾（hélǘ）。吴王阖闾年轻有为，踌躇满志，他广招贤才，发展生产，训练军队，渴望在诸侯的纷争中夺取霸主地位。

于是，在伍子胥的引荐下，孙武以他所著的兵书求见吴王阖闾。阖闾十分欣赏孙武，想看孙武操演，孙武说可以。阖闾又问："可以操演妇女么？"孙武说："可以。"于是吴王从宫中挑选了一百八十个美女交给孙武。

孙武把她们分成两队，派吴王最宠爱的两个妃子担任队长，每人发给一支戟（jǐ）。孙武向她们讲解了操演的动作和命令，并问她们听懂了么，宫女齐声回答说："听懂了。"孙武怕有没讲清楚的地方，又三番五次地重申了命令。这些宫女从没见过操演军队，觉得十分好玩，一群人吵吵闹闹，嬉笑玩耍，都把操演当成了游戏。孙武下令击鼓向右，宫女们都捧腹大笑，队伍乱成一团。孙武严肃地说："军令和纪律没讲清楚，是我当主帅的过错。"于是，孙武又把军令和军纪讲了很多遍。宫女们仍然满不在乎，都在嬉戏打闹。孙武命令击鼓向左，宫女们又是哄堂大笑。

孙武火了，厉声喝道："军令没讲清楚，是我的过错。现在军令已经讲清楚了，却又违抗军令，那就是士兵的过错了。"说着，孙武拿起令牌就要处斩两个队长。吴王在台上看见自己的爱姬要被砍头，大惊失色，急忙给孙武下令："我已经知道您善于用兵了。请您放过我这两个妃子吧，我要是没了这两个人，饭也吃不下，觉也睡不着。"孙武正色回答："我既已受命为将，将在外，君命有所不受。"孙武催促武士行刑，将两个队长斩首示众。吴王十分心疼，却也无可奈何。

孙武又任命了两个队长，再次用鼓声指挥操演。这时宫女们都屏住呼吸，战战兢兢地执行命令，生怕出一点差错。整个操演队伍鸦雀无声，动作整齐规范。孙武报告吴王说："队伍已经训练整齐，请大王下台检阅。即使赴汤蹈火，也完全听凭大王调遣。"吴王正心疼着两个爱姬，无精打采地摇摇头："今天就到这吧，将军也回馆舍休息吧，我不愿下台观看。"

孙武满怀遗憾地说："原来大王只是喜好我书上的话，并不能真正采用其中的内容。"阖闾猛然醒悟，深深地被孙武折服，任命孙武为大将。在孙武的训练下，吴国的军队军容整齐，军纪严明，大大提高了战斗力。后来吴国向西打败强大的楚国，攻入了楚国的都城郢（yǐng）都；向北争霸中原，与齐国和晋国会盟，威名大振。

孙武是我国古代最著名的军事家之一，他给我们留下了丰富的思想宝藏，诸如大家耳熟能详的"知彼知己，百战不殆"和"不战而屈人之兵"等名言都出自孙武的著作。孙武的军事思想打破了单纯的军事范畴，将军事同政治、经济、文化紧密结合起来，他写的《孙子兵法》被奉为军事指导的"圣经"，在古代乃至今天都发挥着深远的影响。

〔博闻馆〕～～～～～～～～～～～～～

百家争鸣

春秋战国至汉朝初期，各派思想争鸣，形成了中国思想史上百花齐放的繁荣局面。除了孙武为代表的兵家之外，还有儒家、墨家、道家、法家、纵横家、杂家等。

儒家崇尚礼、仁，孔子是其创始人，战国的孟子、荀子是其主要代表人物，代表著作有《论语》《孟子》《荀子》等；墨家主张"兼爱""非攻""尚贤"，提倡和平，反对侵略战争，主张任用贤德之人，代表人物是战国时期的墨子；道家主张清静无为，道法自然，代表人物是老子和庄子，《道德经》《庄子》为其代表著作；杂家产生于战国末年至秦汉时期，兼容各家思想而独成一派。

卧薪尝胆

　　春秋时期，江浙地区有两个国家——吴国和越国。两个国家相邻，关系却不好。吴王阖闾攻打楚国时，国内兵力空虚，越王允常乘虚而入，两国结下仇怨。后来越王允常去世，新王勾践即位。阖闾趁勾践立足未稳，亲率大军攻打越国。谁料，吴军大败，阖闾自己也被砍伤脚趾。阖闾羞愤难当："我打了一辈子仗，竟败在了一个乳臭未干的小子手里，我不甘心啊！不甘心！"从此阖闾竟一病不起，弥留之际，阖闾紧紧抓着太子夫差的手说："不要忘了越国的仇恨。"夫差流着泪，点点头："我一定为您报仇。"自此，吴王夫差任用伍子胥和伯嚭（pǐ），励精图治，吴国渐渐强大起来。

　　之后，吴国开始复仇，夫差领大军与勾践在夫椒决战，越国大败。勾践只带了五千士兵逃进了会稽山，吴军将他团团包围。勾践沮丧地说："难道我就死在这了么？"大臣文种说："商汤、周文王、晋文公、齐桓公都曾身处险境，最后却能称霸天下。这样看来，这未尝不是件好事。"勾践重新振作，派文种去吴国请降。伍子胥说:"这是上天要我们吴国灭亡越国,机不可失啊。"于是,吴王夫差拒绝了。勾践一听,就要杀掉妻子儿女,烧掉房屋,决心拼死一战。文种说:"我再去吴国试试。"这次,文种买通了伯嚭。文种对吴王说:"勾践已经完全臣服于您了,他和夫人也想着到大王身边服侍您。如果大王不接受我们的投降,我们就只能拼死一战了。"伯嚭也在旁边附和着说:"接受越国的投降,对我们大有好处。"伍子胥说:"现在不灭亡越国,将来一定会留下后患。"夫差不听,接受了越国的请降,撤兵回国。

勾践和夫人到了吴国,做了吴王的奴仆。他们住在马棚里,干着又脏又累的粗活。勾践小心谨慎地侍奉吴王。一次,吴王身上长了个恶疮,需要有人用嘴把脓血吸出来。这本是太子该做的,但吴国的太子面有难色。勾践二话没说,伏下身子,把脓血吸了出来。吴王大为感动。还有一次,吴王得了怪病,需要通过尝食粪便来判断病情。大家都感到恶心,勾践走上前,用手取了放到嘴里,然后慢慢品尝,忽然,勾践面露喜色:"恭喜大王,贺喜大王,您的粪便苦中带涩,病应该马上就能好了。"夫差感动得泪流满面:"勾践对我是真心的好。"伍子胥看在眼里，急在心里，他向夫差进谏："大王一定要小心勾践，不要被他欺瞒了。这个人能忍受常人不能忍受的屈辱，将来一定能成大事。"吴王不听，释放勾践回国。伍子胥仰天长叹："越国用十年来吸取教训，用十年来休养生息，二十年以后，吴国的宫室将要变成沼泽了。"

　　勾践回到越国，日日夜夜苦思着报仇。他住在茅草屋里，睡在柴草上，把一颗苦胆悬挂在房梁上，每次吃饭之前，都尝一下苦胆，然后从心里默默告诫自己："勾践，你能忘了会稽之战的耻辱么？"勾践穿着粗朴的衣裳，亲自下地耕作，夫人则

在家纺织。他礼贤下士，与百姓生活在一起，深受人民的爱戴。他将国政交给范蠡(lí)和文种，国家的元气慢慢恢复过来。

七年过去了，勾践训练好士兵，准备向吴国复仇。大夫逢同劝谏说："国家刚刚恢复过来，还不适合出兵作战。现在夫差志得意满，得罪了周边很多国家，我们暗中联合他们，等时机成熟，就能打败他。"

又过了一年，吴王将要讨伐齐国。越国送来粮草财物和士兵，吴王十分高兴。伍子胥苦苦相劝："越国才是我们的心腹大患，他鼓动我们出兵，是想消耗我们的国力啊。"吴王不听。吴国的太宰伯嚭被越国收买，经常和伍子胥在对待越国的问题上发生争执，两人的矛盾也越来越大。伯嚭经常在吴王面前诽谤伍子胥："伍子胥表面上很忠心，其实是隐忍不发，将来一定会叛乱。"一开始，吴王还不相信，后来听说伍子胥将自己的儿子托付给齐国的大臣鲍氏，吴王大怒："伍子胥果然欺骗了我。"吴王赐给伍子胥一把宝剑，让他自杀。伍子胥苦笑道："我辅佐你的父亲成为霸主，又立你为王，你要分一半国家给我，我都没要，今天却以谋反的罪名杀我，真是太可笑了。这一切都是越国的诡计，等我死了，挖下我的双眼悬挂在东门，我要看着越国是怎样灭亡吴国的。"吴王听后,更加恼怒,将伍子胥抛尸江中。

又过了四年,吴王带着精兵强将北上,与诸侯会盟,只留下老弱残兵给太子留守。越国趁机发兵攻打吴国,吴国大败,太子也被杀。又过了四年,越国又派兵攻打吴国。这时,吴国已经贫穷不堪了,部队的精锐也都死在了与齐国和晋国的作战中。越国大破吴国,最后把吴王夫差围在了姑苏山上。吴王派大臣公孙雄向勾践请降:"您要杀我,我无话可说,难道您忘了会稽山上的恩情,那时,我没杀您,现在您可以放过我么?"勾践听后于心不忍,但范蠡劝他不要放过夫差。夫差没法,只得自杀。自杀前,夫差用袖子遮住脸,痛哭着说:"我没有脸面去见伍子胥啊。"

"苦心人,天不负。卧薪尝胆,三千越甲可吞吴。"越王勾践能够在逆境中委曲求全,忍受常人不能忍受的屈辱,终于赢得了反败为胜的机会。他苦心经营,休养生息,与百姓同甘共苦,越国得以从战争的创伤中恢复过来,逐渐强大。吴越争霸的尘器已经散去,但勾践"卧薪尝胆"的故事流传至今,激励着身处逆境的人们不断抗争奋斗。

徙木立信

商鞅，战国时期卫国人。他年轻的时候喜好法家的学说，后来到了魏国，给魏国国相公叔痤（cuó）做了中庶子（侍从之官）。公叔痤非常赏识商鞅的学问和才干，病重时向魏王举荐商鞅："我的中庶子商鞅，年纪虽然不大，却有奇才，希望大王委以国政。"公叔痤见魏王不以为然，于是屏退左右说："大王既然不能重用商鞅，那就杀了他，不要让他为别人所用。"

魏王走后，公叔痤召见商鞅，向他谢罪："方才，我向大王举荐你为相，我看大王没有任用你的意思，就劝大王杀掉你，我已经尽了臣子的本分。现在我把事情都告诉你，你赶紧逃命去吧。"商鞅不慌不忙，淡定从容地说："大王既然不能听从你的建议任用我，也必然不会听从你的建议杀了我。"果然，魏王以为公叔痤老糊涂了，没有任用商鞅，也没有杀掉他。

公叔痤死后，商鞅不知何去何从。正在这时，秦孝公发布了求贤令，广招天下的贤士。于是，商鞅就一路向西到了秦国。商鞅求见秦孝公，前几次谈话都不太投机，最后，商鞅向孝公讲解富国强兵的学说，不知不觉地就谈了三天三夜。孝公大喜，如获至宝，整理好衣冠，向商鞅深深作揖："我愿意将国家大事全部托付给您，希望您不要嫌弃我资质平庸，请多多教导我。"

秦孝公重用了商鞅，商鞅想通过变法使秦国强大。于是，商鞅和朝廷里的守旧派展开了论战。商鞅说："做事要当机立断，聪明的人敢于打破常规，只要能强国利民，祖宗立下的规矩法令也可以改动。"大臣甘龙连连摇头："只有坚守祖宗的法令，社会才会安定。"商鞅反驳说："甘龙所说的都是世俗的偏见。夏商周三个朝代礼制不同却都能统治天下，春秋五霸治国的法令不同却都能称霸天下。所以，只有圣人才能制定法令和礼制，而那些愚笨的人才会墨守成规不知变通。"一席话说得甘龙面红耳赤。

这时杜挚站了起来："没有百分百的好处就不该变法，遵循古人制定的规矩和制度是不会错的。"商鞅正色回答道："治理国家没有一成不变的方法，只要有利于国家就可以打破原有的制度。商汤和周武王不循古从而建立帝业，夏桀和殷纣王不改变反而灭亡。"激烈的辩论为变法打下了良好的思想基础，最终，秦国制定了新的法令。

　　新的法令都制定好了，就等着颁布了。商鞅怕人民不相信法令能令行禁止，于是就在国都的南门树立起一根三丈长的圆木，并贴出告示，有谁能把木头从南门搬到北门，就赏给他十金。大家都感到蹊跷，围着木头议论纷纷，却没有人敢去搬木头。后来赏金增加到五十金。这时，人群中走出一个人，挽起袖子搬起木头就向北门走去。大家都跟在后面看热闹。到了北门，这个人立马就得到了五十金。这件事引起轰动，成了大家热议的新闻。每当谈起商鞅，大家都竖起大拇指，商鞅真是一个说到做到、言出必行的人。商鞅一看时机成熟，趁热打铁颁布了法令。

　　法令刚刚实施一年，就有人教唆太子触犯了法令。商鞅说："法令得不到施行，就是因为上层的统治者破坏它。"商鞅要依照法令处罚太子，但因为太子是储君，于是就让太子的老师公子虔和公孙贾代太子受刑。大家一看连太子都受到了处罚，于是就安安分分地遵守法令了。法令实施了十年，秦国国富民强，原来那些对法令不满的人都纷纷跑来称赞新法。商鞅说："法令一旦制定，就必须得到执行。议论法令好坏只会败坏风气。"于是就把这些人发配到了边疆。通过这两件事情，法令树立了绝对的权威，得到了贯彻执行。

　　商鞅在秦国做了十年相国，极力推行新法，树敌很多。秦孝公去世后，太子即位。公子虔等人诬陷商鞅谋反，商鞅出逃。有一晚，商鞅逃到一户农家，想借宿一晚。主人不知道这就是商鞅，婉言相劝说："商君制定的法令规定，收留身份不明的人，连坐。所以，您还是走吧，我不敢收留您。"商鞅仰天长叹："没想到啊没想到，商鞅我今天竟然被自己制定的法令给困住了。"最后，商鞅被杀死，尸体被五马分尸，宗族也被全部诛灭。

商鞅虽然死了，但新法却被继承下来。秦国变得富强，最终完成了统一大业，这一切都是从商鞅变法开始的。

〔博闻馆〕 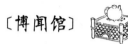 〜〜〜〜〜〜〜〜〜〜〜

法家学派

法家以法治为思想核心，代表人物有商鞅和韩非子。所谓法家，实际是春秋战国时期一派学者的总称。法家主张严明法令，认为统治者应该依靠法律来治理国家，以刑律来控制臣民。

战国时期的法家内部可分为三个派别：以李悝、吴起、商鞅为代表的一派强调法律的重要性，可以说是"重法派"；以申不害为代表的一派主张统治者以权术控制臣民，强调用人得当，可以说是"重术派"；以慎到为代表的一派强调君主要掌握大权，以威势驾驭臣下，可以说是"重势派"。到战国末期，著名学者韩非在著作中提出"法""术""势"三者并重的思想，对以往各家相关思想进行总结，形成了尊君主、抑强臣、奖励耕战、重视赏罚、崇尚法令、宣扬权术的一套思想体系。所以我们称韩非为法家的集大成者。

鸡鸣狗盗

战国时期，养士之风盛行，各国的公子都以养士为荣，甚至互相攀比。当时最著名的当属"战国四公子"，他们分别是信陵君魏无忌、春申君黄歇、孟尝君田文和平原君赵胜，其中尤以孟尝君最为有名，史称"孟尝君食客三千"。

孟尝君，名叫田文，他的祖父是齐威王，父亲是齐国的靖郭君田婴。田文天性聪颖，性格豁达，很小的时候就代替父亲主持家务，接待宾客。靖郭君去世后，田文继承封位。

孟尝君在封地广招宾客和人才，很多流亡甚至犯罪在逃的人都来归顺他。孟尝君对待宾客一视同仁，和他自己享受一样的待遇。孟尝君每次和宾客谈话的时候，都在屏风后面安排一个侍从，记下与宾客谈话的内容，询问家里亲人的住处。等到宾客离开了，孟尝君就派人到宾客家里赠送钱财礼物。有一次，孟尝君招待宾客吃晚饭，有一个宾客用手遮着饭碗。结果另外一个宾客就生气了，以为大家吃的饭都不一样，放下碗筷怒气冲冲地就要离开。孟尝君慌忙站起来，端起自己的饭碗给他看，饭菜都是一样的。宾客十分羞愧，拔出刀剑就自刎谢罪。通过这些事情，孟尝君声名远播，天下的士人都愿意归到他的门下。孟尝君对待宾客不分三六九等，都好好地招待他们。

齐闵王二十五年（前299）的时候，齐国派遣孟尝君出使秦国，秦昭王任用孟尝君做了相国。没过多久，就有人向秦王进言："孟尝君才能出众，但他始终是齐国人，如今做了我们的相国，也一定是先齐国后秦国，这样下去，秦国就危险了。"于是，秦王囚禁了孟尝君，打算杀掉他。孟尝君向秦王宠爱的妃子求救。妃子说："救你倒不是不可以，我十分喜爱你的狐白裘，你得把它送给我。"孟尝君心里想，我确实有一条狐白裘，价值千金，天下无双，可我刚到秦国就献给了秦王啊，这可怎么办啊？

孟尝君急得团团转，召集了宾客商量办法，大家都束手无策。这时，坐在最下座的一个人说："我有办法。"于是，这个宾客趁着夜色，像一条狗一样通过狗洞子，钻进了秦国的府库里，偷出了那条狐白裘。孟尝君把狐白裘献给秦王的妃子。妃子爱不释手，十分高兴，就替孟尝君说了些好话。秦王释放了孟尝君。孟尝君马上聚集宾客，套上马车，飞奔离去。

一路上变更了姓名，风餐露宿，人不离鞍、马不停蹄地过了很多关卡。

　　后来秦王醒悟过来，十分后悔释放孟尝君，于是就派出精锐的骑兵在后面追赶。此时孟尝君一行到达了函谷关，出了函谷关就意味着真正逃出秦国的魔爪。可是，此时夜幕深沉，关门紧闭。当时秦朝的法令规定，鸡叫以后才能打开关门放行人通过。孟尝君一行人前进不得又后有追兵，急得满头大汗。这时，一个平时默默无闻的宾客伸长了脖子，努起嘴，惟妙惟肖地学起了公鸡打鸣，声音在夜里显得十分清脆，传得很远，引得远处村庄里的公鸡也一起跟着叫了起来。霎时间，公鸡的打鸣声此起彼伏。守关的将士听见公鸡打鸣，以为天快要亮了，就打开了关门。孟尝君和宾客飞也似的逃了出去。

孟尝君靠着门客鸡鸣狗盗的本领从秦国逃脱，这种招揽天下之士的做法能否称得上真正地得到贤士，引发了后人的无尽思考……

〔博闻馆〕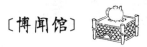

读《孟尝君传》

世皆称孟尝君能得士，士以故归之，而卒赖其力以脱于虎豹之秦。嗟乎！孟尝君特鸡鸣狗盗之雄耳，岂足以言得士？不然，擅齐之强，得一士焉，宜可以南面而制秦，尚何取鸡鸣狗盗之力哉？夫鸡鸣狗盗之出其门，此士之所以不至也。

北宋政治家、文学家王安石读了《史记·孟尝君传》后，写了读《孟尝君传》这篇文章，提出了不同的意见。他认为孟尝君只不过是些鸡鸣狗盗之徒的头目罢了，称不上善于得到人才。否则，他完全可以凭借齐国的强大力量，得到真正的人才，就可以南面称王而制服秦国，就用不着这些鸡鸣狗盗之辈。鸡鸣狗盗之辈出入他的门下，所以真正的人才不到他那里去。

后来，齐王忌惮孟尝君的势力，于是罢了孟尝君的官。而当此时，孟尝君招揽的门客不仅不为他出谋划策，改善孟尝君的处境，反而都离开了他，只有一个门客还留在他身边。当孟尝君脱离险境、官复原职之后，孟尝君感叹说："在我陷入危难的时刻，当初花重金招揽的门客却离我而去。"这件事情也许从侧面反映了，孟尝君并没有真正地招揽到效忠于自己的人才。

苏秦刺股

苏秦出生在战国时期一个普通的农民家庭。他从小就立志成就一番事业，扬名天下。年轻的时候，他到齐国拜师求学，后又在鬼谷子先生的门下学艺。他在外游历多年，曾游说秦王，最后一无所获，钱也花光了，没办法，只好回家。他的家人都看不起他，他的媳妇看见他眼皮都不抬一下，嫂子弟媳都不给他做饭，就连父母都觉得他是个败家子。他们讥笑苏秦，说："咱这的风俗是治理产业，从事工商，追求利润。可你偏偏不务正业，非要去耍嘴皮子，怎么样，穷困潦倒了吧？"

苏秦暗自惭愧，把自己锁在家里，把自己的藏书看了一遍，伤感地说："唉，如果不能成功，得到荣华富贵，就算读再多的书又有什么用呢？如今混到这步田地，都是我的错啊。"于是，他找到一本古书《阴符》，发誓要勤奋研究："我就不信有我办不成的事。"苏秦捧着书，没日没夜地学习，就连吃饭眼睛也不离开书本。有时读书累了，眼睛都要睁不开了，他就拿起锥子狠狠地刺自己的大腿，剧烈的疼痛一下就把睡意赶跑了，他

接着精神抖擞地看书。经过一年的苦读，苏秦终于学有所成，
他激动地说："凭这些足以游说各国的君主了。"苏秦整理好
行囊，踏上了征程。

　　苏秦求见并游说周显王。周王身边的大臣一向了解苏秦
的为人，都瞧不起他，因而周显王也不信任他。于是，苏秦向
东到了赵国，赵国主持国政的奉阳君不喜欢苏秦，苏秦也没得
到任用。苏秦没有办法，只得北上到了燕国。在燕国也并不顺
利，足足等了一年才有机会拜见燕王。

　　苏秦劝说燕文侯说："燕国之所以不受战争的危害，是因为赵国抵挡了秦国。秦国要攻打燕国十分困难，赵国攻打燕国却很容易。所以大王您要和赵国合纵相亲，把各国连成一体，那样燕国才可以高枕无忧。"燕文侯频频点头："您说的很有道理，燕国周边全是强国，希望您能用合纵的办法保护燕国，我将倾国相助。"于是燕国资助苏秦车马钱财到了赵国。

　　此时奉阳君已死，苏秦趁机用合纵相亲的学说劝说赵肃侯，赵肃侯躬身施礼："感谢先生的教诲，我愿意诚恳地举国相从。"于是，赵肃侯装饰了车子一百辆，载上黄金一千镒（yì），白璧一百双，绸缎一千匹，供苏秦游说各诸侯国加盟。苏秦相继游说了韩国、魏国、齐国和楚国，它们的国君都表示愿意合纵抗秦。六国合纵成功，苏秦做了合纵联盟的盟长，担任了六国的国相，佩戴六国相印。

　　后来，苏秦途经洛阳，随行的车马满载着行装，各国都派来使者恭送相迎，气派比得上帝王。周显王听到这个消息非常震惊，赶紧找人清扫道路，并派出使臣到郊外迎接慰劳。苏秦的兄弟、妻子、嫂子斜着眼不敢抬头看他，都趴伏在地上，非常恭敬地服侍他用饭更衣。苏秦笑了，对嫂子说："以前你们对我那么傲慢无礼，现在怎么这么恭顺了呢？"他的嫂子赶紧跪在地上，弯曲着身子，匍匐在地上，脸贴着地面请罪说："那是因为小叔您以前贫穷，现在地位显贵，钱财多啊。"苏秦感慨地说："还是有权有钱好啊，同样是一个人，富贵了，亲戚们就巴结我，贫贱时，就瞧不起我。"当时苏秦就散发了千金，赏赐给亲戚朋友，并且报答了所有对他有恩德的人。

苏秦约定六国联盟以后，秦国不敢窥伺函谷关以东的国家长达十五年之久。六国联盟，有效地遏制了秦国对东方六国的入侵。后来，苏秦的同门师弟张仪以连横之术游说各国，由于内部纷争不断，合纵联盟很快就土崩瓦解了。

司马迁在《史记》中评价说，苏秦原是一个民间的普通百姓，却凭借一己之力联合六国共同抗秦，他的才能智慧非同一般。

屈原投江

屈原本是楚国的贵族，他生活的年代正值战国诸侯混战最激烈的时候，那时，秦国最为强大，经常侵扰其他国家。屈原主张联合六国，合纵抗秦。他亲自出使各国，终于取得成功。怀王十一年（前318），楚、齐、燕、韩、赵、魏六国国君齐聚楚国都城郢都，签订盟约，楚怀王被推举为联盟长。怀王十分高兴："这些都是屈原的功劳啊。"屈原得到怀王的重用和信任，担任楚国的左徒，他和怀王一起商议国事，制定法令，推行改革，楚国呈现出一派欣欣向荣的景象。

然而好景不长，屈原的改革触犯了守旧贵族的利益，以公子子兰为首的权臣十分嫉妒屈原的才干和政绩。于是，他们联合起来，不断向怀王进谗。有一次，怀王命屈原主持制定法令。屈原刚刚写完草稿，还没来得及修改。上官大夫就想夺过来看，屈原没有给他。上官大夫跑到怀王面前说屈原坏话："大王您任命屈原制定法令，然而屈原却自以为是，独断专行，还把功劳都归到自己身上，还说什么'这事除了我屈原，谁也办不了'。他简直没把您放在眼里。"怀王一听，勃然大怒，对屈原也渐渐有了不满，不像以前那么信任了。

秦国见有机可乘，派张仪到楚国游说怀王，企图破坏六国联盟。张仪见到楚王说："秦国最恨的就是齐国，只要大王和齐国绝交，我们愿意奉送商、於之间六百里的土地。"屈原劝谏说："这只是秦国的口头承诺，并不可信，大王千万不要上当。"但楚怀王起了贪心，一心只想得到土地，就派使者辱骂了齐王，齐楚断交。果然，张仪立马翻脸不认账了："我说的土地是六里，不是六百里。"楚怀王被骗，恼羞成怒，发兵攻打秦国。屈原阻止说："现在联盟破裂，咱们楚国不是秦国对手。"楚怀王不听，结果大败，主帅被俘，连汉中之地都丢失了。怀王十分懊悔，羞愧地对屈原说："我后悔没听您的话啊。"屈原说："现在恢复齐楚联盟还来得及。"楚王点点头，派屈原出使齐国。

屈原刚走，秦国提出议和，表示愿意归还楚国的黔中之地。怀王十分痛恨张仪，说："我不愿要土地，我就想杀了张仪。"张仪自愿被送到了楚国。这次张仪收买了楚国的公子子兰等一班权臣和楚王的爱姬郑袖，他们都替张仪说好话，楚王

一时糊涂，就放了张仪。屈原怕楚王再次受骗，马不停蹄地赶回来面见楚王："您为什么不杀了张仪？"怀王醒悟过来，可惜张仪已经跑远了。

渐渐地，屈原又开始获得楚王的信任。公子子兰等人害怕屈原重新掌权，纷纷到怀王面前说屈原坏话。公子子兰说："屈原眼里根本就没有大王，他常常对人说，大王您是不听他的话才上当受骗的。"就连怀王的爱姬郑袖也在吹耳边风："屈原这个人看着很忠心，实际上很诡诈，有几次竟调戏我，大王您要替我做主啊。"流言听得多了，怀王也没了主张。屈原的抱负无法施展，在朝廷里孤军奋战，举步维艰，看着楚国渐渐衰败混乱下去，他痛心疾首，心情愤懑。屈原的妻子劝说他："我看你在朝廷里处处受到排挤，不如我们离开，去过自由自在的生活吧。"屈原摇摇头："大王只是一时糊涂。何况，我们能搬走，楚国的人民能跟着一起搬走么？我不忍心看着楚国的人民再受苦受难。"

秦国与楚国通婚，邀请楚怀王会盟。怀王犹豫不决。屈原劝谏说："秦国残暴，像虎狼一样，不可相信，大王不能去。"公子子兰极力劝说楚王："为何要拒绝秦国的好意，惹怒秦国？"最后，怀王决定参加会盟。刚进武关，秦国就派伏兵切断了楚王的后路，将楚怀王软禁起来。后来，怀王一病不起，竟然客死秦国。

楚怀王死后，顷襄王即位，任命公子子兰为令尹。子兰与屈原素有仇怨，就联合众臣一起攻击屈原。顷襄王听信谗言，将屈原罢官免职，赶出京城，流放到了沅水和湘水流域。屈原披散着头发，面对着滚滚的江水，嘴里吟唱着悲伤的曲调，忧心如焚，憔悴不堪。一个在江上打鱼的渔父问他说："您不是三闾大夫屈原么？怎么到了这样的田地？"屈原回答说："世人污浊，只有我清净；世人迷醉，只有我清醒，所以才被流放。"渔父接着说："那您为什么不能随波逐流呢？"屈原回答说："我宁可投身江中，也不愿用自己的清白之身去同流合污。"

　　屈原虽然流放在外，仍对楚国怀着深深的眷恋之情。公元前278年，秦国攻破楚国都城郢都，顷襄王落荒而逃。屈原见楚国复兴无望，不忍见国家灭亡，怀着无限的悲痛和遗憾，于农历五月五日抱石投汨罗江而死。周围的百姓听说屈原投江，十分伤心，纷纷驾着小船到江上打捞屈原的尸体。尸体没打捞上来，百姓怕尸体被鱼虾咬食，就将米饭包成粽子投到江中。后来这些习俗沿袭下来，形成了"端午节"。

纸上谈兵

赵括是战国时期赵国马服君赵奢的儿子，他自幼熟读兵法，说起用兵打仗，侃侃而谈，头头是道，就连他的父亲都难不倒他。赵括扬扬得意，以为天下没人能比得上他。赵括的母亲十分高兴："我家括儿将来一定会成为一名出色的将军。"赵奢却连连摇头："带兵打仗，是将军队置入了生死的境地，每个部署都要经过深思熟虑，赵括却把它看得太容易了，安排部署都太轻率。将来不任用赵括为将就罢了，否则，给赵国带来亡国之祸的肯定是他。"

公元前261年，秦国攻打韩国，将韩国的上党郡分割开来。上党郡的郡守冯亭不愿投降秦国，于是决定将城池献给赵国。赵国的平阳君赵豹劝谏说："上党郡已经是秦国的囊中之物，秦国势在必得，现在我们接受上党郡，肯定会惹怒秦国。"平原君赵胜和赵禹则劝赵王："就算我们发动百万大军，经年累月的攻打也未必能攻下上党郡。现在却可以坐享其成，得到上党的十七座城池，这是多好的机会啊。况且，秦国要是来攻打我们，可以派廉颇出战啊。"于是，赵国就接受了上党郡。秦国大怒。

公元前260年，秦国派大军攻打赵国。那时，赵奢已经去世，蔺相如身患重病，廉颇带兵出战，秦国和赵国的军队在长平对垒。赵王连连下令催促廉颇出兵，结果被秦国击败，但损失不大。廉颇心想，秦军现在士气正盛，不能出兵与之作战。于是廉颇依托有利的地形，命令士兵固守堡垒，以逸待劳，期望能拖垮秦军。秦军远道而来，力求速战速决，现在赵军坚守不出，时间一长，军队的士气低落，粮草补给也慢慢出了问题。

秦军一看廉颇不好对付，于是就派出奸细到赵国散布谣言："廉颇年纪大了，胆子也越来越小，被我们秦军打得都不敢出战了。我们最担心的就是马服君的儿子赵括做将军，他精通兵法，我们一定打不过他。"果然，急于求成的赵王中了反间计，派赵括代替廉颇统领大军。蔺相如劝谏说："赵括名声很大，但也只是熟读兵法，没有实战经验，缺乏随机应变的能力。"赵括的母亲也着急地跑到赵王面前："不能任命赵括为将。当年他的父亲做将军时，由他亲自捧着饮食侍候吃喝的人数以十计，被他当作朋友看待的数以百计，大王和王族们赏赐的东西全都分给军吏和僚属，接受命令的那天起，就不再过问家事。现在赵括刚做了将军，就面向东接受朝见，军吏没有一个敢抬头看他的，大王赏赐的金帛，都带回家收藏起来，还天天访查便宜合适的田地房产，可买的就买下来。大王认为他哪里像他父亲？父子二人的心地不同，希望大王不要派他领兵。"赵王不耐烦地说："您就别管了，这事我已经决定了。"

赵括到了军中，马上改变了廉颇的部署。这时，秦国的主帅也换成了白起，白起是"战国四大名将"之首，作战勇猛，智谋过人。赵括领兵出战，白起假装失败，溃败而走。赵括一看，非常得意："没想到秦军这么不堪一击。"于是，赵括带领全部士兵一起追击。结果中了白起的埋伏，运粮的道路被切断了，军队也被一分为二，首尾不能相顾。

赵括慌了神，天天拿着兵书在营帐里研究。四十天过去了，赵括也没想出好办法。这时，军队里已经没有了粮食，赵括一看没有办法，与其坐以待毙，不如拼死突围。他亲自组织了一支敢死队奋力突围。秦军早已做好了准备，赵括突围不成，被乱箭射死。临死之前，赵括迷惑不解："我完全按照兵书上说的带兵打仗，怎么还会失败呢？"赵括一死，赵军群龙无首，军心涣散，四十万大军举手投降。白起十分残忍，将他们全部活埋。接着，秦军围困了赵国首都邯郸，幸亏楚国和魏国出兵来救，赵国才没有灭亡。

长平之战是战国后期具有决定意义的一次大决战。经过此战，赵国四十万大军被坑杀，精锐部队被消耗殆尽。自此，东方六国再也无力抵抗秦国的进攻，开启了秦国统一六国的新的历史阶段。赵国的战败，一是赵国君臣只顾眼前利益，妄图坐享其成，草率地接受了韩国的上党郡，惹怒秦国。战争中，赵王又急于求成，临阵换将。二是赵军统帅赵括骄傲自满，不可一世，只知道相信书本，照搬照抄书上的理论，不知道活学活用，融会贯通。

荆轲刺秦

战国末期，秦国崛起，不断攻打其他国家，燕国深受威胁。燕太子丹小时候在赵国做人质，遇到了在赵国出生的嬴（yíng）政，两人意气相投，十分要好。等嬴政回到秦国继承了王位，太子丹也到了秦国。秦王十分无礼，太子丹心怀怨恨，偷偷逃回燕国。

太子丹听说卫国人荆轲非常有才能，就设法相见。太子丹对荆轲说："秦国已经占领了韩国，早晚会祸及燕国。燕国弱小，无法抵挡秦军。只有找一个勇士出使秦国，乘机劫持秦王，让他归还侵占的土地，这样最好。不行的话就刺死秦王，造成秦国内乱，诸侯联合起来，一定能攻破秦国，希望您能考虑一下。"荆轲说："这是国家的大事，我太愚钝，不能当此大任。"太子丹再三恳请，荆轲才应诺。

秦将王翦（jiǎn）攻破赵国，继续北上。大军压境，太子丹非常害怕，请来荆轲说："秦军很快就打过来了，我们的处境愈发危险了。"荆轲说："您不说我也想行动。只是就这样去的话，秦王未必会相信。如果我带着樊於期将军的头和督亢地图，献给秦王，秦王一定会高兴地接见我。"太子丹说："督亢是燕国最肥沃的地方，可以献出地图，但樊将军在最困难的时候投奔我，我不忍心伤害他。"原来樊於期是秦国的将军，得罪了秦王，逃到燕国，太子丹收留了他。

荆轲私下去找樊於期，对他说："秦王灭了您全家，现在悬赏千金来缉拿您，您有何打算？"樊於期叹息说："我想到这些也是痛彻心扉，只是不知该怎么办才好。"荆轲说："我可以带着您的头献给秦王，秦王一定会乐意见我，到时候我会刺杀他，替您报仇。"樊於期抱拳跪地说："这是我日夜不忘的事。"说罢自刎而死。太子丹听说后非常伤心，但也无可奈何，便用匣子盛了樊於期的首级。

太子丹送给荆轲一把匕首，非常锋利，用毒药淬（cuì）过，只要刺破皮肤，渗出一丝血，人立马就死。燕国有个勇士叫秦舞阳，人们都不敢直视他的眼睛，太子丹派他给荆轲做副手。一切准备就绪，荆轲迟迟不肯出发。太子丹怕荆轲反悔，就对他说："时间已经不多了，你还想不想去？我先派秦舞阳去吧？"荆轲说："我不是怕死，我是在等我的一个客人，想和他一起去。既然太子怪我太慢，那我现在就走！"

太子丹和知道这件事的宾客都来为荆轲送行，一直送到了易水边。宾客高渐离是荆轲的好朋友，他擅长击筑，就为荆轲奏了别离的曲调，荆轲和曲唱道："风萧萧兮易水寒，壮士一去兮不复还。"歌声忧伤，众人听了都伤心落泪。接着乐声一变，高亢激昂。荆轲登上马车，头也不回地上路了。

荆轲来到秦国首都咸阳，先花重金买通了秦王的侍从之臣蒙嘉。蒙嘉对秦王说："燕国害怕大王的威德，不敢出兵迎战，想俯首称臣，派使者献上樊於期的头和燕国督亢的地图。"秦王听了非常高兴，下令换上朝服，安排最隆重的礼仪，在咸阳宫接见燕国的使者。

荆轲捧着装了樊於期头颅的匣子，秦舞阳捧着地图，依次走进大殿。来到台阶下的时候，秦舞阳抬头看见秦王高高在上，一派威严，群臣列于两边，端庄肃穆，想到马上要行刺，内心恐惧，脸色大变，捧着地图的双手开始发抖。侍卫起了疑心，大声喝问："燕国使者为何如此惊慌？"荆轲回头，笑着看了一下秦舞阳，向前跪倒对秦王说："我们来自北边的蛮夷之地，没有见过大王，被您的威严震慑住了，希望大王原谅他，让他完成使命。"秦王对荆轲说："把地图拿上前来。"

荆轲取了地图，双手奉上，秦王打开地图，看到燕国最肥沃的地方，不由得眉开眼笑。地图一点一点打开，最后全部展开的时候，赫然现出一把匕首。荆轲一把抓起匕首，左手拽住秦王的袖子，右手刺向秦王胸口。秦王大惊，起身躲避，匕首划过，袖子被割断。秦王无处可逃，想要拔剑，可是剑系在腰间，太长了，一时拔不出来。荆轲紧追不舍，他们就绕着殿内的柱子跑。

秦国法律规定，大臣上殿的时候不能带任何兵器，带兵器的郎中只能守在殿外，没有诏令不能上殿，而且情急之下，来不及召他们上殿。事发突然，大臣们目瞪口呆。这时有个医官夏无且，情急之下把药囊掷向荆轲，荆轲分神抵挡，秦王稍得喘息。臣子们大喊："大王背剑，赶紧背剑啊！"秦王努力把剑背到背上，顺势抽出宝剑，回身砍向荆轲，一下砍断了荆轲的左腿。荆轲跑不动，就将匕首投掷出去，没有击中秦王，插进了铜柱里。秦王一鼓作气，接连砍击，荆轲身受重伤，靠着柱子边笑边骂："刺杀不成是因为我只想劫持秦王，定下契约，来回报太子，可惜啊可惜！"侍卫上前，杀死了荆轲，秦王心惊胆战了很长时间。

荆轲刺杀失败，秦王大怒，发兵攻打燕国，燕王杀死太子丹，献给秦王求和，但燕国还是被秦国所灭。荆轲没有阻止秦国统一六国的脚步，但他作为一名抗暴的勇士，深入强秦，去回报赏识自己的太子，兑现自己的承诺。正如司马迁所说，刺客们不管成功失败，他们不负自己的志向，足以名垂后世，受人敬仰。

〔博闻馆〕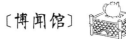

《史记》中的著名刺客

司马迁在《史记·刺客列传》中，记载了春秋战国时代五个著名刺客的事迹，他们分别是曹沫、专诸、豫让、聂政和荆轲。

曹沫：鲁国人，以力大勇敢著称。他作为鲁国的将领，三次和齐国作战，都战败了。鲁庄公向齐国求和，齐桓公答应和鲁在柯地会盟。正当鲁国与齐国即将达成屈辱协议之时，曹沫手执匕首冲上前去，劫持了齐桓公。桓公被迫答应尽数归还侵夺的鲁国土地。得到承诺后，曹沫扔下匕首重新站在群臣之中，面不改色，辞令如故。桓公恼羞成怒，想毁约食言，被管仲劝止。于是，曹沫三战所失的土地又都被全数归还。

专诸：吴公子光欲杀吴王僚自立，伍子胥把专诸推荐给公子光。公元前515年，公子光趁吴国内部空虚，与专诸密谋，假意宴请吴王僚。在酒席上，专诸假扮厨师，将匕首放进烤好的鱼的腹中并送上去，当场刺杀了吴王僚，而专诸也被吴王僚的侍卫杀死。后来，公子光自立为王，就是吴王阖闾。

豫让：豫让是晋国智伯的家臣，很受智伯赏识。智伯讨伐赵襄子没有成功，最终战败身亡。豫让为了给智伯报仇，在身上涂上漆，令身体长满恶疮，改变了容貌，又吞下火炭，改变了自己的声音。他屡次刺杀赵襄子，但都没能成功，最后被赵襄子活捉。豫让知道自己非死不可，恳求赵襄子把衣服脱下让他刺穿，以完成心愿。赵襄子答应了他的要求。豫让拔剑连刺衣服三次，然后伏剑自杀。

聂政：韩大夫严仲子与韩相侠累有仇，想请聂政为其报仇。为了报答严仲子的知遇之恩，聂政在母亲去世后，只身来到韩国，仗剑以白虹贯日之势，从街上直接杀到侠累面前，还顺手刺伤了当时坐在旁边的韩国国君韩哀侯。聂政看到自己无法逃脱，为了避免连累姐姐，他用剑自毁面容，然后剖腹自尽。

指鹿为马

秦始皇第六次东巡时，在平原津病重，自知将不久于人世，写信召唤公子扶苏回来主持后事，继承大统。信已经写好了，也盖上了御印，可是却被当时担任中车府令的赵高给扣了下来。始皇病逝后，丞相李斯担心会发生政变，于是秘不发丧，往车里装了一石咸鱼，用咸鱼的臭味掩盖尸体的味道。这件事情只有李斯、赵高、皇子胡亥和五六个宦官知道。赵高曾经教胡亥写字、律法，两人私交相当不错。几个人凑在一起密谋，决定矫诏谎称始皇帝要立皇子胡亥为太子，又伪造书信派人送给公子扶苏和将军蒙恬，数落他们的罪状并赐令二人自杀。

就这样，皇子胡亥继承了皇位，就是二世皇帝。二世按照始皇遗愿，将他安葬在骊山。始皇生前有很多妃嫔，其中不乏年纪轻轻、如花似玉者，有些还没有生育过子女。二世认为放她们出宫不合适，干脆下令让没有子女的妃嫔全部为始皇殉葬。

二世元年，即公元前209年，赵高得到重用，担任郎中令，大权在握。二世跟赵高商议说："我感觉大臣们并不服我，皇子们也想和我争权，这可怎么办？"赵高听了，眉头一皱，赶紧说道："有些话本来不想说，臣生来卑微，幸蒙陛下抬举，才有了今天。而先帝在位时的大臣们，以元老自居，居功自傲，阳奉阴违。皇上您何不暗中查办那些有罪的官吏，杀一儆百呢？"二世连连点头称是，一场诛杀大臣和皇子的腥风血雨就这样席卷而来。短短时间内，多位大臣和六位皇子被杀。一时间，朝臣和皇族人人自危，二世人心尽失。

　　二世以为自己的天子威严得到了巩固，兴致勃勃地开始张罗重修阿房宫，搞得劳民伤财，百姓怨声载道。

　　这样没过几个月，陈胜吴广造反了，国号"张楚"，陈胜自立为楚王。崤（xiáo）山函谷关以东的各县受够了秦的严刑峻法，纷纷杀掉郡守县令，响应陈胜。造反队伍浩浩荡荡，所向披靡。二世非常害怕，派去打探消息的人回来通风报信："皇上不必担心，他们不过是一群盗匪。郡守一番通缉追捕，现在全部抓获啦！"听了这样的话，二世竟然高兴起来，浑然不知此时又有多队人马造反了，赵王、魏王、齐王一个个冒出来，刘邦在沛县起兵，项羽在会稽起兵……

陈胜手下的周章率领几十万大军一路向西到达戏水时，二世如梦初醒，一筹莫展，连问："这可怎么好啊！"将军章邯建议说："皇上，骊山徒役人数众多，何不赦免他们，让他们拿上武器去迎敌作战！"二世觉得很有道理，于是大赦天下，以章邯为大将军，和周章作战。章邯大败周章，周章败逃中被杀。二世又派司马欣、董翳协助章邯，杀了陈胜，打败项梁，消灭赵王、魏王等，暂时稳固了统治。

赵高想独揽朝政大权，于是对二世说："皇上您年纪轻轻，刚登皇位，怎么能和大臣们在朝廷上议决大事呢？如果您有一点疏漏，被大臣们看出了您的弱点，这多不好啊！"二世言听计从，索性住在深宫里不出来，国家大事只和赵高一人商议决断，连上朝都很少去了。老臣们冒死进谏，请求停修阿房宫，减少徭役赋税，休养生息。二世非常恼火，根本不听。

二世三年，即公元前207年，章邯与项羽在巨鹿鏖（áo）战，章邯出师不利，二世派人前去问责。章邯心里害怕，就派司马欣回去汇报军情，可是赵高不接见他。司马欣连夜出逃，回去见到章邯感慨不已："将军，如今赵高掌权，只怕您有功也是被杀，无功也要被杀啊。"章邯听罢率部投降。

　　赵高位高权重，渐渐有了谋反之心。他担心群臣不能听命于他，有心设计验证。一天，赵高带来一头漂亮的小鹿，要献给二世。他笑着对二世说："皇上，这是一匹马。"二世也笑了，心想赵高这是糊涂了吧，于是说："丞相错了，这分明是一头鹿。"赵高摇摇头，又说："皇上，这分明是马啊！不信您让大臣们都看看，听听他们怎么说。"大臣们一听，有的立刻迎合赵高连声说是马，有的就说是鹿。二世一听那么多人都说是马，也就不再多想，只在心里感慨，原来这马长得这么像鹿啊！于是重赏赵高，没有一点怀疑。那些说鹿的大臣后来都遭到了赵高的报复暗算。从此以后，朝中无人不怕赵高。"指鹿为马"，由此而来。

项羽和刘邦的起义大军节节逼近。赵高担心二世知道真相会迁怒自己，于是和弟弟赵成、女婿阎乐密谋除掉二世，另立天子。阎乐带人闯入内宫，谴责二世的昏庸。二世说："天下局势如此严重，为何现在才告诉我啊？我可以见丞相吗？"阎乐说："不行。"二世央求道："那么，我只做个郡王可以吗？"阎乐不答应。二世又央求道："给我做个万户侯也行啊！"阎乐还是不答应。二世继续央求："我和妻子去做普通百姓也好。"阎乐说："我是奉了丞相之命为天下人来诛杀你！"二世听完，绝望地自杀了。

后来，赵高果然拥立子婴为秦王。然而子婴并不信任赵高，设计杀了赵高。没多久，刘邦就攻入咸阳，俘虏子婴，秦朝灭亡。

指鹿为马这个故事中，我们可以看出，秦二世作为一国之君，只会享乐，没有一点担当和作为。他亲佞人，远贤臣，爱听谄媚语，没有判断能力，也不动脑筋思考，放心地将江山社稷拱手让人，那么只能被人玩弄于股掌之中，最后落得一命呜呼了。

揭竿而起

陈胜和吴广是秦末农民起义的领导者，他们原本是贫苦出身的农民，家徒四壁，一贫如洗，没有读过书。

陈胜年轻时给人当雇工，有一次他正在给地主家耕地时，突然觉得，这样的生活继续下去非常劳累，充斥着周而复始的贫困与饥饿，看不到希望。他坐在田垄上休息，失望地连连叹息，他对同伴们说："将来啊，咱们里面要是有谁发达显贵了，可不要忘记大家啊！"其他几个正在劳作的年轻人一听就笑了，他们嘲笑陈胜又在痴人说梦呢，于是打趣他道："陈胜，你说你一个犁地的穷小子，做什么白日梦啊，我们眼下只有干不完的农活、种不完的庄稼，哪来的富贵啊！"陈胜听了，也不争辩，只是长叹一口气："唉，你们啊，鸟雀怎么能懂得鸿鹄的志向呢！"

二世元年（前209）七月，朝廷征召百姓入伍驻守渔阳。陈胜和吴广前去应征，被收编在同一支队伍里，因为身体强壮，还被选中做了小头目。

　　队伍按照原定的计划赶路。有一天，天空下起瓢泼大雨，道路泥泞坑洼，难以继续前行。眼看着就要天黑了，雨依然没有停的意思，再这样耽误下去，一定会误了期限，按照大秦律法是罪当问斩的。队伍里人心惶惶，恐惧和不满的情绪在蔓延。陈胜、吴广心急如焚，赶紧凑在一处商量对策。

　　陈胜说："我们已经无路可走了，现在就是逃跑被抓回来也是处死，不如我们反了吧，起义失败了也就是死。同样都是一死，大丈夫为国事而死，你觉得怎样？"吴广想了想，点头称是。陈胜继续说道："听说当今的二世胡亥本不该继承大统，是伪造诏书害死公子扶苏才登基即位的。如今大秦刑法严酷，徭役繁重，百姓苦不堪言，怨声载道。公子扶苏常年在外带兵，军功卓著，为人贤明，深得人心。如今知道扶苏已死的人并不太多。又有项燕是楚国的将军，用兵神勇，爱护士兵，深为楚人爱戴。不如我们就假称是扶苏、项燕的队伍，号召天下共同反秦，共举大事！"吴广听罢，连声感叹："妙计妙计！"于是两人心意已决，立刻动身前去占卜，想为前途问个吉凶。

　　算卦的是个聪明人，问清事情的来龙去脉，慢条斯理地说道："你们想要建功立业成就大事，这也不难。只是这件大事，少不了还得去问问鬼神啊!"陈胜吴广听了以后,一半开心,一半疑虑。能成功?问鬼神?两个人商量来商量去,计上心来。

陈胜用丹砂在绸子上写了三个大字"陈胜王",就是陈胜为王的意思,偷偷地放在一条大鱼的肚子里。士兵们买鱼回来烹食,发现了这块写字的帛书,一时间议论纷纷,惊奇不已。吴广悄悄地躲进驻地旁一所杂草丛生的寺庙里,到了夜晚就点起灯笼,学着狐狸的嗥(háo)叫,凄厉地大喊:"大楚兴,陈胜王。""大楚将兴,陈胜为王",这凄厉的声音传入营地,士兵们一夜无眠,惊恐不安。大家觉得似乎鬼神在暗示着什么。

第二天清晨,士兵们交头接耳,指指点点,所有人都把目光投向陈胜。陈胜和吴广沉默着,他们知道,机会就要来了!

这一天,领头的将尉又喝得酩酊(mǐngdǐng)大醉。吴广故意在他面前又一次提起想要逃跑的话来,将尉十分恼怒,抄起竹板就往吴广身上打。吴广平素爱护士兵,人缘很好。将士们眼看着自己的朋友挨打,纷纷感到不平。将尉更加恼火,拔剑就砍,吴广奋起夺剑,斩杀将尉,军中一片哗然。陈胜挺身而出,朗声说道:"诸位,我们遇到大雨,已经延误了期限,按照大秦律例，误期是要杀头的，就算我们有幸免于死罪，戍边能活着回来的又有几人呢？大丈夫顶天立地，不死便罢了，死要死得其所！我们何不闯荡一番，干出点事业，就算失败也死得轰轰烈烈！王侯将相，难道他们都是天生的贵种吗？"

将士们多是穷苦出身，听到陈胜这番慷慨激昂的陈词，人人心中豪情澎湃，于是齐声响应："大楚兴，陈胜王！大楚兴，陈胜王！"

这支戍边的队伍以大楚为号，筑台盟誓。将士们用将尉的头颅祭天，露出右臂作为起义的标志，陈胜自立为将军，吴广任都尉。起义的呼声刚刚发出，附近的百姓听闻是扶苏、项燕的人马，积极响应，投奔而来。没有武器，他们就砍下木棒当作刀枪；没有旗杆，他们就削下竹子当作旗杆。队伍就这样一点点壮大起来。历史上，把这叫作"揭竿而起"，可以看出当时起义的如火如荼和人心向背。

起兵以后，这支人马在蕲（Qí）县兵分两路，一路上战无不胜，攻无不克，沿途不断收编兵员。到达陈县的时候，他们已经拥有战车六七百辆，骑兵一千多人，步卒好几万了！陈县的郡守和县令望风而逃，丢下一个守丞带兵迎战。守丞被杀，起义军顺利进城。陈胜召集当地有声望的长者和乡绅们共同议事。大家一齐说道:"将军身先士卒,一马当先,诛灭无道暴秦,重振大楚江山,汗马功劳,应当为王!"于是陈胜自立为王,定国号"张楚"。

　　这个故事告诉我们,像陈胜吴广这样出身卑微的人,如果屈从命运的安排,可能只有两种结局,要么终老于田间地头,要么横死在戍边途中。然而出身的卑微不能泯灭心中的志向,王侯将相,宁有种乎!就是这样一种信念,让陈胜吴广成就了不一样的人生,波澜壮阔,荡气回肠。

约法三章

传说汉高祖刘邦的母亲刘媪（ǎo）曾经在大泽岸边休息，梦中与神仙相遇，瞬间电闪雷鸣，天色昏暗。父亲去寻找刘媪，发现一条大龙正趴在她的身上，着实吓了一跳。不久，刘媪就有了身孕，生下刘邦。

刘邦高鼻梁，高额头，鬓角和胡须都非常漂亮，为人仗义，乐善好施，性情豁达，志存高远。长大以后，刘邦做了泗水的亭长，成为一名小官吏。他有个缺点，就是喜欢喝酒，还常常喝醉，有时甚至大醉不醒。每次他去酒肆，酒肆的生意就跟着特别红火，前来买酒的人络绎不绝。所以酒肆的老板很看得起他，觉得刘邦是个人物，到了年底还往往主动毁掉欠据，给他免除这一年的赊账。

有一次刘邦在路上看到秦始皇出巡，那浩浩荡荡的仪仗排场，尽显天子威仪，刘邦忍不住感慨："大丈夫就当这样啊！"

吕公去沛县县令家做客，沛县有头有脸的人仰慕吕公大名，纷纷前往拜谒。萧何当时掌管贺礼事宜，就说："送礼不满千金就坐在堂下吧！"刘邦虽然只是一个小小亭长，却也瞧不起这群达官显贵，他谎称"贺钱一万"，就大摇大摆地递了名帖走进去。吕公擅长看相，见了刘邦，暗自惊叹，十分敬重。萧何无奈地说："刘邦这个人啊，向来爱说大话，正经事没见做成什么。"刘邦也不心虚也不气恼，反而嘻嘻哈哈和人开着玩笑，趁机坐在上座，毫不客气。饭后，吕公招呼他留下，认真地说："我给太多人看过面相了，没有谁能比得上你这副好面相，你一定要好自珍重！我有一个女儿，就许配你为妻吧！"刘邦喜出望外，吕公的女儿不是别人，正是他后来的皇后吕后，孝惠帝的生母。

身为亭长，刘邦押送徒役们去骊山。一路山高水远，徒役中有不少人逃跑。刘邦心想这样下去到了骊山也不剩多少人了，索性就趁着夜色把他们都放了。临别的时候，刘邦对大家说："你们赶紧逃命去吧，从此我也要远走高飞了！"徒役们听了很感动，当即就有十来个人表示要跟随他一起。

没过多久，陈胜吴广起义，各地纷纷响应。追随刘邦的人已经有好几百了，刘邦带着这支不断壮大的队伍回到了沛县，杀掉县令，做了沛公，招兵买马打江山。

　　此时天下大乱，各路豪杰并起。当时的楚怀王有约在先，各路诸侯谁能率先进入函谷关平定关中，就让谁在关中称王。沛公领命一路向西，进军关中，士气高涨，屡战屡胜，很快兵临城下，秦宫岌岌可危。赵高眼看大势已去，就杀了二世胡亥，想与刘邦修好，并表示愿与刘邦在关中分地称王。刘邦认为有诈，就采纳了张良的计策，一方面派人游说秦将，许以高官厚禄；一方面偷袭武关，出其不意攻其不备。刘邦的军队训练有素，军纪严明，所到之地严禁抢掠百姓财物，因此受到了百姓们的欢迎。

　　就这样，刘邦在各路诸侯中最先到达霸上。秦王子婴在道旁等候，俯首称臣。有人主张杀掉子婴。刘邦说："当初楚王何以命我进攻关中，不就是看中了我为人宽厚么？子婴如今已经投降，何必赶尽杀绝呢？"于是继续向西，进驻咸阳。部将们见到秦宫中的珍宝，你争我夺，混乱不堪。刘邦也生了贪婪之心，想好好享受一下。幸好樊哙和张良提醒了刘邦，珍宝玉器和贪图享受正是秦灭亡的原因。刘邦醒悟过来，封了秦宫的府库，还军霸上。

　　第二天，刘邦请来关中各县的父老，很认真地对他们说："父老们，我知道你们在秦朝的暴政统治下受了太多的苦，秦法苛刻，批评朝政得失是要灭族的，聚会谈话也要处以死刑。我和诸侯们约定，谁先进入关中就在此地称王，所以我应当为关中王。大家若是信得过我，我就和大家约定三条：从今以后在关中，杀人者死刑，伤人治罪，抢劫同样治罪！其他的秦法全部废除。我来这里，是为大家解决困难的，是来保护大家的，请不要害怕！"

　　这一番肺腑之言得到了父老们的热烈拥护。秦地的百姓们高高兴兴，争相送来牛羊酒食，慰劳士兵。刘邦坚决推辞，说道："仓库里的粮食足够多，不能让大家破费！"百姓们听了更加信任他，支持他，唯恐他不肯做关中王。

　　这一段故事传为佳话，就叫"约法三章"。后来刘邦能够打败比他强大很多的项羽，创立大汉江山，登上皇帝宝座，很大程度上得益于严明的军纪和法令。约法三章，一言九鼎，刘邦用仗义和诚信换来民心。

四面楚歌

　　"四面楚歌"是一个悲壮的故事，主人公是一生充满传奇色彩的英雄——项羽。

　　项羽儿时学习写字，刚写几个大字，就没有耐心继续学下去了。于是改学剑术，学了几天，又不肯学了。叔父项梁生气地说道："小子，你这样三心二意，能学成什么？"项羽朗声应道："学写字，只不过为了记住人的姓名；学剑术，也只能单打独斗；我要学的，是能对付千军万马的本领！"于是项梁就教他兵法，项羽一点就透，学得很快，然而学了一阵，也不肯学了。

　　后来，项梁杀了人，带着项羽逃亡吴中。在吴中，叔侄二人遇到始皇帝巡游，声势浩大，很有派头，项羽羡慕地看着，忍不住指着始皇帝大声说："那个人啊，我将来一定可以取代他！"项梁慌忙捂住他的嘴巴，连声制止："小孩子别胡说，要砍头杀全家的！"虽然口中批评，项梁心中却暗自感慨这孩子志向远大，非同一般。

　　没多久，陈胜吴广在大泽乡揭竿而起。消息传来，项梁和项羽杀掉会稽郡守，起兵反秦。凭借着项家的声望以及二人的能力，项梁麾下不断壮大，很快聚集起六七万人的队伍。项梁听从谋士范增的建议，找到楚怀王的嫡孙熊心，袭用其祖父的谥号，立为怀王。

历经几次胜仗，项梁颇为自得，渐渐不把秦军放在眼里。在定陶交战时，秦军发动全部兵力增援章邯，把楚军打得落花流水，项梁战死。失去了最亲爱的叔父，项羽十分悲痛，他心里清楚，从此以后，自己需要独当一面了！

秦军士气正旺，又接连大败赵国，将赵军围困在巨鹿。楚怀王派遣宋义和项羽前去支援。宋义主张坐等秦军疲惫不堪，和赵军彼此消耗；而项羽却主张抓住时机，果断出兵，一旦秦国吞并了赵国，实力只会更加雄厚，难以与之抗衡。于是项羽杀掉宋义，率领军队横渡漳河，全力救援赵国。为了表示决心，项羽命令手下把船只全部凿沉，把锅碗全部砸破，连驻扎的军营也全部烧毁，只带上三天的口粮，意在与秦军决一死战。项羽破釜沉舟的胆识和魄力，诸侯们无不佩服。

范增一直认为刘邦是项羽雄霸天下的最大威胁。刘邦入关后，与百姓约法三章，秋毫无犯，更是引起了范增的警惕。

当时项羽有兵卒四十万，驻扎在新丰鸿门；刘邦只有兵卒十万，驻扎在霸上。项羽于是在鸿门摆下宴席，请刘邦前来，想要杀掉刘邦。

项羽的另一位叔叔项伯与张良交好，听说此事后星夜赶往刘邦军中，通知好友张良快逃。张良赶紧将此事告诉刘邦，刘邦见到项伯，就像是见到了救命稻草，牢牢抓住。好酒好肉招待着，还定下了儿女亲家，把项伯哄得很开心，末了，刘邦举起酒杯，虔诚地说道："入关以来，我之所以对百姓抚恤有加，登记户口，查封仓库，都是为了等待项将军的人马到来啊！哪里敢谋反呢？请您转告将军，刘邦绝不忘恩负义！"项伯连连点头，于是又连夜赶回去向项羽一一汇报，劝说道："如果不是刘邦最先攻破关中，你怎么进关啊？人家有功不赏反而重罚，于情于理不合，你要好好待他才是啊！"项羽听了默然不语，点头答应。

鸿门宴上，刘邦又是赔礼又是道歉。任凭范增怎样使眼色，项羽木然没有反应。范增叫项庄进来舞剑，剑剑直指刘邦。项伯一见，也起身舞剑，护着刘邦，项庄没法得手。刘邦趁机借口如厕，出门溜之大吉了。

　　秦灭后，项羽尊楚怀王为"义帝"，分封诸侯。刘邦被封为"汉王"，统领巴蜀汉中。鸿门宴上，项羽放走了自己最大的敌人，从此开始了长达五年的楚汉战争。两方为了争夺天下，连年作战，汉军逐渐扭转战争的被动局面，转败为胜。

　　垓下一役，汉军将十万楚军围困在垓下。项羽兵少粮尽，陷入绝境。这一次，刘邦可没有丝毫念及当年的情分。夜里，汉军在四面唱起楚人的歌，楚军听到熟悉的乡音，无不潸然泪下，无心恋战。项羽大惊失色，凄然问道："汉军已经全部占领楚地了吗？为什么楚人这么多呢？"说罢，看了一眼身边的虞姬——他最心爱的美人，英雄末路，慷慨悲歌："力拔山兮气盖世，时不利兮骓（zhuī）不逝。骓不逝兮可奈何，虞兮虞兮奈若何！"力能拔山，英雄气概，举世无双，奈何时运不济，骓马难行！虞姬泪眼婆娑，这一对恋人在即将到来的生离死别前，执手凝噎，互诉衷肠，在场的人无不唏嘘动容。随后虞姬拔剑自刎，好让项羽不再心有牵挂。

　　项羽骑上马，带着八百壮士，在夜色掩护下，突破重重包围，向南奔走。等到渡过淮河，能跟上来的只剩下一百多人了。项羽向农夫问路，不想农夫将他诓进了一片大沼泽地。追兵已

至，项羽向东出逃，到达东城时只剩下二十八人。面对数千追兵，项羽自知无法逃脱，于是仰天长叹："并非我作战不力，这是天要亡我啊！"

项羽一马当先，奋勇杀敌，再次突破重围，来到乌江之畔。乌江亭长划着一叶小舟来接他渡江，项羽不肯，长泪纵横，面对一江东流水，心生感慨："天意亡我，渡江何为！想当初我带着八千江东子弟渡江而来，今日回去无一人生还，纵使江东父老怜我爱我，让我做个江东王逍遥一方，我又有何面目再见江东父老？"

项羽于是在乌江自刎，一世功名，留与后人评说。

项羽一生光明磊落，敢作敢当，气力盖世，骁勇善战，是真英雄。然而打江山易，守江山难，项羽崇尚武力，却不懂得人治，简单武断发动战事，又优柔寡断放走劲敌，穷途末路却将失败归咎于天命，最终霸业未成身先死，好不叫人惋惜！

〔博闻馆〕

京剧《霸王别姬》

京剧以虚实结合的特色，将表现力超出了舞台空间和表演时间的限制。它的行当齐全，化妆考究，唱腔优美，表演规范，剧目多样，韵味十足，引人入胜，成为人们心目中的国粹，在全世界广为知晓。京剧的经典曲目非常多，其中之一就是《霸王别姬》。

《霸王别姬》的主角是西楚霸王项羽与虞姬，讲述了项羽战败后与虞姬告别的情形，唱词非常感人。相传虞姬容颜美丽，才艺动人，舞姿惊艳，有"虞美人"之称。项羽战败后，虞姬为了让项羽不要牵挂自己，夺剑自刎。我国著名的京剧大师梅兰芳，就曾经扮演过虞姬。

出使西域

"闻道寻源使，从此天路回。牵牛去几许? 宛马至今来。"

这是杜甫的诗。诗中提到的"寻源使"，说的就是张骞。当时有这样一个美丽的传说——西汉时候，张骞奉武帝之命，寻到了"西天"，见到了牛郎织女，并且带回了高大的天马……这个带着几分神话和梦幻色彩的故事，说的正是"张骞凿空"。所谓"凿空"，就是开通道路的意思。张骞是开通中原与西域交通的第一人。

汉朝初建时，为了巩固江山社稷，汉高祖刘邦曾率领三十万大军亲征匈奴，结果被困白登，若不是贿赂冒顿（Mòdú）单（chán）于的阏氏（yānzhī）夫人，险些就要命丧黄泉。从此，虽然匈奴成为中原地区的严重威胁，汉朝几代帝王也只能听之任之，和亲馈赠，消极防御。

到了汉武帝时期，刘彻雄才大略，与此同时，历经了"文景之治"的轻徭薄赋和休养生息，国力也大幅提升，反击匈奴便被正式提上日程。

　　武帝听说，居住在敦煌、祁连一代的游牧民族大月氏，曾同匈奴发生严重冲突。大月氏的国王被匈奴的老单于杀掉，头颅割下来做成酒器。这一段国难不仅使大月氏被迫西迁，更使大月氏与匈奴结下了不共戴天之仇。武帝决定联合大月氏，共击匈奴，以除心头大患。

　　联络大月氏，就需要有人出使西域，通达消息。武帝下诏征求能人志士前往西域。可是西去路途漫漫，艰难险阻，要承担这个任务，实在需要很大的勇气和决心。

　　有个名叫张骞的青年，首先应征。在他的带领下，又有一百多名勇士踊跃报名。还有个在长安生活多年的匈奴人，名叫堂邑父，他自愿担任向导和翻译，跟随张骞前往西域寻找月氏国。

　　建元二年（前139），张骞一行从长安出发，向西跋涉。他们刚刚进入河西走廊地界，就不幸遭遇了匈奴的骑兵，全部被俘。军臣单于得知张骞竟然是想要出使月氏，不禁冷笑几声："月氏在我匈奴的北边，你们这些汉人怎么能够去得了？这就好比我匈奴如果派遣使臣去南方的越国，你们汉人肯放我使臣通行吗？简直做梦！"于是下令将张骞一行扣留下来，就地软禁。

一关就是十年。十年寒暑，花谢花开，雁字回时，冬去春来。匈奴为了拉拢张骞，还给他娶了一位匈奴女子为妻，生儿育女。凭借着强大的意志，张骞从未忘记作为汉使的身份，从未动摇寻找月氏的信念。他在默默等待，等待一个重获自由的机会。

元光六年（前129），机会终于让张骞等到了！长期的关押监视，匈奴人渐渐放松警惕。这一天，张骞趁着匈奴人毫无戒备，果断带着妻儿随从，带着堂邑父，逃了！

十年羁旅，他们学会了说匈奴话，穿胡人衣，一番乔装打扮，顺利穿越匈奴境内，终于逃出生天。可惜造化弄人，他们没有找到大月氏。这些年，乌孙在匈奴的唆使下，不断侵犯大月氏，大月氏国力衰退，只能继续西迁，另辟新土，重建家园。张骞等人只能沿着塔里木河西行，穿过库车、疏勒，翻越葱岭，到达大宛。这一路，戈壁飞沙走石、热浪滚滚，葱岭冰雪皑皑、寒风凛冽，张骞一行风餐露宿，历尽艰辛。

大宛国王早就向往东方大汉王朝的富庶与文明，一心想要通使往来，正苦于匈奴从中阻塞，张骞一行的意外到来让他喜出望外，他热情地接待了来自大汉的使臣。张骞如实相告，说明了自己身负出使大月氏的使命以及沿途种种遭遇，希望大宛能够提供帮助，待到他日重返大汉，一定禀明汉皇重重酬谢。大宛国王痛快地答应下来，不仅派出向导和翻译，还将张骞一行一直护送到康居。

在康居，张骞同样受到了热情的款待。康居王也非常乐意与汉通使，派遣手下将张骞一行送到大月氏。

梦里心心念念的大月氏就在眼前了！十年，整整十年啊！张骞不禁涕泪横流。

可是这时候的大月氏，不再是当年那个一心复仇的大月氏了。新的国土水草丰美，物产富饶，远离匈奴和乌孙，没有饥寒，没有战争，他们安居乐业，繁衍生息，早已放下了仇恨。张骞说明来意，而大月氏人不为所动。张骞不肯放弃，又在此间逗留了一年多，依然无法说动大月氏，只能悻悻离去。

归途也不太平，张骞一行再次为匈奴所俘，扣留关押一年多。直到匈奴发生内乱，张骞才得以趁乱逃跑，回到长安。当年一百多人的队伍，归来时只剩下张骞和堂邑父了。

联合大月氏夹击匈奴的使命虽然没有完成，但就外交层面而言，张骞功勋卓著。他不仅亲自到访大宛、康居、大月氏和大夏诸国，还了解到很多有关乌孙、奄蔡、安息、大食、天竺等国的情况，在其向武帝的汇报中，对这些地区的特产、人口、城市、兵力等方面都作了详细陈述。司马迁《史记》记载了这次汇报，成为珍贵的古地理历史研究资料。

武帝对张骞此行深感满意，拜张骞为太中大夫，授堂邑父为奉使君，以表彰他们的功绩。

此后，张骞又陆续派出四支探险队伍，向西南寻找天竺，以图开辟避开匈奴沟通中亚诸国的新路线。由于受阻于西南少数民族，新路线未能开辟，却意外发现了滇越、夜郎等部落国家，进一步扩大了汉王朝的政治影响。

元狩四年（前119），张骞奉命再度踏上了西去之路。这一次，他带着三百勇士，一万头牛羊，几十车的黄金、钱币、丝绸、布帛去结交西域诸国。

乌孙王出城相迎。张骞送上厚礼，席间谈笑风生，定下和亲之约。可是当张骞建议乌孙与汉联盟，共同讨伐匈奴时，乌孙君臣却犹豫了，他们既愿意与汉结交，又不敢得罪匈奴。

张骞不想耽误行程，于是安排副手带着礼物分头拜访大宛、大月氏、于阗（tián）诸国。这些人去了好些天，还没返回乌孙。乌孙王见状，就要先行护送张骞返回长安，还安排了几十个亲信跟随张骞去长安学习交流，又特地挑选了几十匹高头大马献给武帝。

武帝见了乌孙使者，又见到乌孙宝马，龙颜大悦。

过了些日子，副手们总算也回到长安。大家合计了一下，原来这次出使西域，所到之处，一共三十六国。

从此以后，武帝连年派出使节访问西域，和西域诸国建立起友好邦交，西域派来的使节和商旅也络绎不绝。中国美丽的丝织品经由西域运到西亚，又转运至欧洲，而由张骞一路跋山涉水开辟的这条路线，就是举世闻名的"丝绸之路"。

李广射虎

"林暗草惊风，将军夜引弓。平明寻白羽，没在石棱中。"

这是诗人卢纶的《塞下曲》。这位"夜引弓"的"将军"，便是人称"飞将军"的西汉将军李广。诗中记述的是这样一个传奇故事：

一天夜里，天上月色朦胧，林边松涛阵阵。一阵狂风吹过，草木摇曳，沙沙作响。恍惚间，李广看到似有猛虎出没，那虎正蹲在草丛中，虎视眈眈。李广连忙拈弓搭箭，运足气力，只听"嗖"的一声，一支白羽箭飞射出去。

第二天天明，李广带着侍从去松林边寻找猎物。呀，哪里有老虎啊？分明是一支白羽箭深深地扎进了一块巨石之中！侍从们费了九牛二虎之力，也没有办法把它拔出来。大家连连感叹："连石头都可以射进去，将军好箭法！"

"李广射虎"这个故事，就这样流传开来。

说起李广的箭法，自然名不虚传。他的先祖李信是秦朝名将，李家世代传习箭法，李广从小学习射箭，早晚不懈，十分刻苦，终于练就了百发百中的好本事。因为精通骑射，李广多次出征匈奴冲锋陷阵，斩杀敌寇无数，汉文帝曾忍不住夸奖说："可惜可惜，李广啊，你是没遇到好时机，倘若生在高祖时代，封个万户侯那还在话下吗？"

李广为人胆大心细。有一回匈奴大举入侵，两军对峙，汉皇派来一名宦官跟随李广了解军情。这名宦官带着几十名骑兵，四下巡视，不想遭遇三个匈奴人。这三个匈奴人回身放箭，不仅射伤了那名宦官，还射杀了他手下的大半骑兵。宦官仓皇逃回汉营向李广汇报。李广闻言沉吟片刻，说道："一定是碰上匈奴的射雕能手了！他们是来侦察的，如果放他们回去通风报信，敌人大军就要到了！"于是带上一百名骑兵，当下就去追赶那三个匈奴人。走了几十里，总算看见那三个匈奴人，李广命令骑兵左右散开，两路包抄。他连放三箭，射死两人，活捉一人。仔细一问，果然是匈奴的射雕能手。

正在这时，众人远远望见匈奴数千骑兵疾奔而来。李广只有一百骑兵，大家面面相觑，非常害怕。匈奴人也发现了李广，不明状况的他们还以为这支队伍是汉军派来诱敌深入的先锋，赶紧上山布阵，以观其变。李广当机立断："我们离大军几十里，就以我们区区一百骑兵想要逃跑，一定会被匈奴赶上，那可就全完了！倘若我们留在此地，不动声色，匈奴一定以为我们是为大军诱敌，必然不敢轻举妄动！"说罢，传令队伍不许后退，缓缓前进。

队伍又前行了二三里，距离匈奴大军更近了。李广下令："把马鞍解下来！"将士们十分不解，心有疑虑地问道："将军，敌众我寡，一旦他们发起突袭，我们怎么办？"李广哈哈一笑，答道："匈奴人料定我们寡不敌众，定会逃跑，我们偏偏解下马鞍告诉他们，我们不着急走。匈奴人想不明白，唯恐中计，自然奈何不得我们！"果不其然，匈奴骑兵从日上三竿等到月明星稀，始终不敢发起进攻。其间有个匈奴将领出阵巡视，李广立即将其一箭毙命。如此一来，匈奴人更加心虚了。又过了几个时辰，李广干脆命令士兵放开战马，躺下休息。

夜半时分，匈奴大军熬不住了。李广如此散漫，更印证了他们的猜测——汉军一定有伏兵！索性趁着夜色，大军全部撤走。李广长舒一口气，带领士兵紧走慢赶，终于在天亮之前赶回驻地，成功脱险。

李广一生清廉，做官四十年，从来没有为自己置办田产，反而常常将自己的赏赐分给部下。打起仗来爱兵如子，身先士卒。行军遇到缺水短食，将士们不全喝到水，他坚决不近水边；将士们不全吃饱饭，他坚决不尝饭菜。因此深得官兵爱戴，将士们心甘情愿追随李广出生入死。可惜李广时运不济，几次错过了封侯的机会。眼看着自己的下属和晚辈都能封侯加爵，李广很是怅然。有一次和朋友闲聊说起此事，李广仰天长叹："我李广不比人差，难道是命中注定，不该封侯吗？"唐人王勃在《滕王阁序》中引此典故，写道："时运不济，命途多舛，冯唐易老，李广难封。"李广难封，说起来总有几分宿命的悲哀。

　　李广历经文帝、景帝，在武帝时，已是三朝老臣。武帝起用卫青、霍去病为帅，穿越大漠远征匈奴。李广几次请求随行，均因年老体衰被武帝拒绝。后来，武帝终于同意李广出任前将军。到了塞外，卫青身为大将军，想要亲自带领精兵活捉单于，李广主动请缨愿做先锋。卫青担心李广年事已高不能胜任，于是婉拒了他的请求，命他率兵从东路迂回。结果卫青与匈奴交战，单于逃跑，而李广又因没有向导而迷路，未能及时与卫青会合。卫青遣人前去问责，李广心中委屈，悲愤不已，慨然说道："将士们无罪，一人做事一人当，是我李广老朽无能，迷失道路，让我去回大将军话吧！"李广到了卫青的将军府前，老泪纵横："我从少年时就与匈奴作战，大大小小打了七十余仗。如今有幸与单于作战，走的却是迂回绕远的路，而又偏偏迷路，这是天意吗？我李广已经六十多岁，老啦老啦，不愿再受这样的侮辱了！"说罢拔剑自刎。军中将士，无不痛哭流涕。

　　李广一生，战功赫赫，实为良将，可叹一生抑郁不得志，实在令人惋惜。然而李广却得到了后人的赞誉，在唐、宋时都得到过追封，还被唐代皇帝追尊为远祖。在后世诗文中，李广的英雄事迹也经常出现，说明了世人对李广的认可与敬佩。

苏武牧羊

汉武帝时，汉与匈奴的关系时好时坏，恶劣的时候甚至互相扣押彼此来访的使节。公元前100年，且鞮（dī）单于即位，对汉表示臣服与友好，送还了扣押的全部汉使。武帝赞许新单于的做法，于是任命苏武为中郎将，出使匈奴，携带重礼馈赠单于。

苏武，字子卿，原本只是汉宫里为皇帝掌管鞍马鹰犬猎射工具的一名小官。这一纸诏书，让他走上了历史舞台。不管他情不情愿，在命运的裹挟下，开启了他荡气回肠的漠北羁旅。

苏武欣然领命。到了匈奴才发现，且鞮单于傲慢自大，并不是想象中的样子。苏武献上礼物，正要离开匈奴，却赶上了一场政变。

缑（gōu）王与虞常等人谋反，计划绑架单于的母亲。苏武一行中有个副使叫张胜的，与虞常私交不错，暗中赠送财物，支持谋反。不料东窗事发，行动失败，虞常被活捉。张胜心知不妙，便将事情一五一十告诉了苏武。面对无妄之灾，苏武又气又恨，一声长叹："事到如今，你我皆会被此事牵连。如若受辱处死，更有损我大汉颜面！"说着就要一头撞死，众人连忙拦住。

负责审理谋反案件的是汉的降将卫律，说来也算是苏武的旧识。苏武拒绝受审，一心求死。这一天卫律又要提审苏武，苏武对同伴常惠说道："身为汉使，要是丧失气节、玷辱使命，即使苟活于世又有何颜面重归汉土！"说罢拔剑刺向胸腹，顿时血流如注。卫律也被吓到了，一把抱住苏武，急忙差人寻医。郎中赶来后好一通折腾，才把已经快要断气的苏武给救了回来。

且鞮单于敬重苏武的气节，早晚派人探视慰问，渐渐动了策反的心思，于是授意卫律，劝降苏武。

卫律仗着自己和苏武的交情，就对苏武现身说法："我卫律背弃朝廷，归顺匈奴，受单于垂青，赐我王爵。我现在拥有奴隶无数，牛马无数，如此富贵！苏君，今日你若能想通，明日也是这样的富贵啊！"苏武听了默然不语。卫律继续说道："苏君不肯归顺，可是在这匈奴，不知何日才能回去，谁会知道你这片苦心！你若肯听我劝，今日咱俩就结为兄弟；若不肯听，日后休想再见到我！"

苏武站起来，指着卫律厉声呵斥："你是我汉朝的臣子，不顾恩义，背弃皇上，抛弃亲人，投降异族，做了奴隶！我为什么要见你！"

卫律脸色发白，恼羞成怒，愤然离去。

单于听说此事，越发觉得苏武有点意思，为了迫使他投降，索性无所不用其极。先是把苏武囚禁在地窖之中，断粮断水。天空飘起鹅毛大雪，苏武躺在阴冷的地窖里，咀嚼着地上的雪，连同掉落的毡毛一起吞进肚里充饥。就这样过了几天几夜，苏武依然顽强地活着。

一计不成，再生一计。单于又把苏武流放到北海，让他一个人孤独地在那里放羊。苏武一边放羊，一边盼望着有一天能够回到家乡去，回到汉土去。单于放出话来："苏武，什么时候等这些羊生了小羊崽，你就自由了！"苏武起初兴奋不已，细细观察下来，原来单于有意为之，这些羊竟然没有一头是母的，全是公羊。要去哪里生小羊羔呢？想回回不去，苏武陷入深深的绝望和痛苦。另外，放羊期间，单于依旧是不提供饭食的。为了活下去，为了活着回去，苏武四处寻找野鼠储存冬粮的地方，靠着这些野果苦苦撑过了一个个严冬。即使这样，苏武从来没有忘记来时手里持着的那根符节,作为汉使身份的象征,吃饭、睡觉、放羊一刻也不离手。

　　苏武出使匈奴的第二年,李广的孙子李陵投降。败军之将,投降变节,身为故友,李陵很长一段时间不敢去见苏武。直到很久以后,单于派李陵去北海劝降,二人才得以见面。李陵为苏武安排了酒宴歌舞,深情地说道:"你一片痴心,汉廷如何知晓呢? 这几年,你的兄长和幼弟都因为犯了事,自杀了,你的母亲已经病故,妻子改嫁他人。人生苦短,你何必自苦如此!"

苏武听了，也泪流满面，对李陵说道："我苏氏父子，蒙天子不弃，封官加爵，自当为朝廷效力。臣子效忠君王，就好比儿子效忠父亲。儿子为父亲而死，死而无憾，希望你不要再说什么了！"

李陵只好收起劝降的话，举杯把盏，强颜作笑。

几天后，李陵刚想再开口，苏武斩钉截铁地说："单于如果一定逼我投降，那我就死在你面前吧！"李陵听罢慨然长叹："我李陵与卫律的罪恶，简直十恶不赦啊！"

汉昭帝登位后，与匈奴达成和议，召回苏武一行。

直到这时候，苏武才终于可以回去了！盼啊等啊，这么久，终于可以回去了！虽然跟随苏武活着回来的，只剩下九个人了。

苏武后来因为拥立新君有功，被封为关内侯，一直活到八十多岁，得以善终。

苏武因为其坚定的信念和不屈的意志，将忠贞演绎到了极致。我们也许很难想象在那些北风呼啸的日子里，苏武究竟是怎么熬过来的，但我们知道，他真的做到了。这是真正的强者，敢于坚守自我，笃定自己的选择，对使命与责任永远有着一份炽热的忠诚。

昭君出塞

　　沉鱼落雁，闭月羞花，这是盛赞女子的美貌时用的词语。本故事的主人公就是美得倾城倾国的"落雁"——王昭君。

　　昭君，是她的字，她叫王嫱（qiáng），父亲王穰（ráng）老来得女，将她视为掌上明珠。这个小姑娘天生丽质，聪慧可爱，琴棋书画，无所不精。正所谓"娥眉绝世不可寻，能使花羞在上林"。

　　公元前36年，汉元帝昭示天下，遍选美女。拥有绝世才貌的昭君自然入选。元帝下诏，命其择吉日进京。昭君的父亲并不情愿自己的宝贝女儿嫁入深宫，曾经试图以"小女年纪尚幼，难以应命"为由推托，怎奈圣意难违。昭君含着热泪，拜别父母乡亲，到达京城长安，为掖庭待诏。

　　深宫的岁月于一个女人而言，是寂寞的，尤其是得不到君王宠爱的女人。

　　新入宫的女人纷纷贿赂画师，希望画师能将自己画得美一些，好让君王在观画的时候一眼相中自己。昭君自恃貌美，不肯贿赂。画师毛延寿便心存芥蒂，在她的画像上点上了一个痣，又把她画得丑了几分。就这样，昭君入宫三年，无缘君面。

早在汉宣帝时，匈奴就发生内乱，五个单于分立，相互攻打不休。其中有一个呼韩邪单于，战败后逃到汉朝来，亲自朝见汉宣帝。呼韩邪单于是第一个到中原来朝见的单于，汉宣帝亲自到长安郊外去迎接他，为他举行了盛大的宴会。呼韩邪在长安一住就是一个多月，他太喜欢长安了。等他回去的时候，汉宣帝派了两个将军带领一万人护送他到漠南。赶上匈奴缺粮，汉宣帝又派人送去三万四千斛粮食。呼韩邪非常感激。

宣帝死后，元帝即位。呼韩邪继续与汉修好。公元前33年，呼韩邪单于再一次到长安，这次他提出了和亲的要求。

说起"和亲"，要追溯到高祖时了。为了与匈奴搞好关系，汉高祖时娄敬德提出"和亲"政策，然而吕后只有一个女儿，不忍心将她远嫁，因此就挑了一个宗室的女儿封为公主嫁出去。

到了元帝，皇亲国戚的女儿也不愿意嫁到匈奴去，元帝就决定从自己的后宫里选个宫女，就说是公主，然后嫁过去。

消息传到后宫，宫女们虽然日日盼望可以出宫去重获自由，可是一听说是要远嫁匈奴，大漠遥遥，和自己的父母兄弟远隔千山万水，就沉默了。

一年三百六十五日，青春易逝，韶华难留。昭君苦等了三年，也没有等来君王的垂青。她不想就这样慢慢地枯萎、凋零，于是挺身而出，慷慨应诏。

出嫁的那天，昭君盛装出现在元帝的面前。元帝大惊，原来后宫里还有这样的绝色美人！不知不觉，元帝看得呆住了！爱美之心人皆有之，元帝此时懊恼不已，多么希望留下昭君，让她待在自己的身边啊！反悔已经来不及了，呼韩邪还在等着迎娶公主。阴差阳错，到底还是没有缘分。身为君王，此时此刻，竟也感到一丝无奈和苦楚了。

元帝赏赐布帛、黄金、美玉，亲自送出长安十余里。

昭君，肩负着和亲的重任，登程北去。

很难想象，那一路上，她在想些什么？故土渐渐远去，而一去全是未知。她怕不怕呢？她拨动琴弦，弹起曲子，南飞的大雁听到琴声，看到昭君的美貌，竟然忘记摆动翅膀，跌落在昭君的裙边。"落雁"之名，由此而来。

昭君出塞以后，汉朝与匈奴修好五十余年，没有再发生大的战争。边关一片祥和安静，百姓安居乐业。

王昭君的人生，从此有了丰富的意义。

官渡之战

东汉末年，天下大乱，群雄并起。各路势力集团经过多年的相互征讨和兼并，在我国黄河流域逐渐形成两大军事集团——袁绍集团和曹操集团。袁绍占据河北，曹操控制河南，为统一中国北方，他们之间爆发了著名的官渡之战。

当时，袁绍统兵七十万，曹操呢，才七万。袁绍的实力远在曹操之上，他首先发动了进攻。他派名将颜良为先锋，包围了黄河北岸的白马城。接到求援信后，曹操率部来到了白马城外与袁军对峙。曹操定睛一看：对面刀枪锃亮，旌旗招展，主将颜良在华丽的伞盖下指挥若定；不禁感叹道："河北人马，好不雄壮！"旁边大将关羽一脸不屑："不过是插标卖首而已！"说着策马突向袁军阵中，将颜良斩于马下，袁军大乱，白马之围遂解。曹操带着白马的军民撤回黄河南岸，后面袁军大将文丑领着骑兵紧追不舍。曹操计上心来，命令将士们将携带的物资丢弃并设伏在道旁。袁军追至，看到满地财宝，争相去抢，顿时阵形大乱，曹操见状趁机引着伏兵掩杀过来，文丑败走，关羽骑着赤兔马脚下生风，追上文丑将其斩杀，成就了"斩颜良，诛文丑"的功绩。

首战失利，袁绍暴怒，催促着主力部队急速进军。谋士沮授进言说："我们虽然人多，但不如曹军精锐；曹军虽精锐，但粮草不如我们充足。因此我们不应急于求战。"袁绍根本不听，质问说："你这是要扰乱军心吗？"下令将沮授关押。曹操这边不慌不忙，带着军队在官渡隘口扎下营寨，抗击袁军。几次交锋下来，双方互有胜负。袁军仗着人多势众，在曹操的营寨前筑起土台作为据点，士兵登上高台，能俯瞰到曹营虚实，射箭攻击，曹军士兵在营中稍不留神就被射中，十分狼狈。

曹操在帐中思忖："官渡久战不胜，后方许昌又兵力空虚，不如放弃这里，在许昌与袁绍决战。"正巧有人从许昌运粮到军中，并带来智囊荀彧（yù）的书信，信中写道："明公您带着七万人马，在官渡抗拒着袁绍七十万之众，可谓以至弱当至强。敌军来势汹汹，然而这么多天过去了，我们虽未取胜，但敌军也没能够向前推进一步，可见他们也不过如此。战场形势瞬息万变，我们在官渡坚守，只要抓住战机，一定能扭转局面。相反，如果主动退却，放弃险要地形，将被袁军一路追杀，后果不堪设想。"曹操读罢深以为然，坚定了在官渡决战的决心。他听取军中谋士刘晔的计策，令工匠连夜造出几百辆抛石车。

第二天士兵们将车推出列阵，利用杠杆原理将车上的巨石抛向袁军土台，摧毁了这些据点，解除了威胁，提振了士气。袁绍又出一计，命令士兵挖地道通向曹寨，曹操得知后让手下人在寨外修一条壕沟。袁军地道刚一挖通，就被曹军发现，只得无功而返，徒耗人力。

两军对垒于官渡，斗智斗勇，历经几个月有余。军中粮草的补给这时就成为双方的生命线。曹操一面严令后方督办粮草，保障给养；一面派人不断袭扰袁绍的粮道。有一次，袁绍的一个运粮队又被曹军大将徐晃截获。袁绍震惊，决定派手下大将淳于琼带一万精兵去守卫乌巢，那里囤积着袁军全部的军需物资。身陷囹圄的沮授闻知后冒死进谏："乌巢关系重大，而淳于琼贪杯误事，难堪重任！"袁绍轻蔑一笑："淳于琼是跟随我多年的良将，我的安排绝无差错，岂容你一个囚徒非议？"下令将沮授打入死牢。

这一日，曹操差往后方催粮的信使被袁军谋士许攸截住。

许攸很有智谋，看过曹操亲笔书信后向袁绍禀报："如今曹操军中粮草耗尽，主力全部集结在官渡前线，后方必然空虚。如果我们派出一支部队袭击曹操的后方，将形成前后夹击的有利态势。"袁绍笃信在官渡咬住曹军主力，必能以众克寡。他对许攸的建议正沉吟不决，恰巧收到来自后方邺城的信报，许攸的家人犯了法。袁绍勃然大怒，对许攸大骂："好你个滥行匹夫！你家人在邺城欺男霸女，你还有脸在我这献计！曹军的虚实你怎么知道得这么清楚？听说你和曹操是同窗啊，难道想诱我上当吗？"接着不容分说地将许攸赶出了帐外。

许攸遭到袁绍的痛斥，满腹委屈，心想："袁绍刚愎自用，迟早会被曹操打败，我不如去降曹。"于是他星夜来到曹操营前。曹操正在休息，听说许攸来访，顾不得穿上鞋子，连忙跑出来迎接，抚掌大笑说："老同学你肯来帮助我真是太好了！"他拉着许攸的手进帐，诚恳地请教对付袁绍的计策。许攸大为感动，说："袁绍的粮草都存放在乌巢，而守将淳于琼嗜酒如命。您不妨偷袭乌巢，一旦得手，袁军就撑不了几天啦！"曹军诸将听完，都觉得此举太过冒险，况且许攸骤然来降，未必可信。曹操大声说："我已经拿定主意了。曹仁留守营寨，我将亲率一支精兵去偷袭乌巢。"

曹操领着士兵换上袁军的旗号和衣服，一路骗过了敌人的岗哨，乘着夜色向乌巢急速前进。此时淳于琼正酩酊大醉，曹军杀进营来，他甚至来不及组织抵抗就被活捉了。很快曹操占领乌巢，立刻下令烧毁所有的军粮。

袁绍得知乌巢被偷袭，急忙命令大将张颌（hé）、高览率兵救援。谋士郭图进言："曹操既然攻击乌巢，官渡必空虚，我们正好趁机拿下他的营寨。"张颌以为不妥，说："乌巢被劫事关重大，必须即刻增援。而曹操向来多谋，应该对自己的营寨早有布置。倘若我们攻不下曹军营寨，必将进退维谷。"郭图强辩说："你不去进攻，怎么能知道曹操是否有准备呢？"袁绍听信了郭图的建议，改令张颌等进攻官渡。不出张颌所料，曹军早已严阵以待，袁军攻势受阻。郭图得知后生怕袁绍怪罪，抢先向袁绍进谗言："张颌、高览二人素来有投降曹操的心思，这次攻打官渡必然不肯卖力，所以前线战事才不顺利啊！"袁绍听完大怒，写信申斥张颌、高览攻击不力，二人明白自己一定是遭到他人陷害，决定投降曹操。

这样一来，袁绍的大将和谋士，战死的战死，投降的投降，收监的收监，加之粮草被烧毁，导致军心涣散。曹操则趁热打铁，一鼓作气地对袁军发起了全面冲锋，袁军一触即溃，袁绍本人也只带着七百多骑兵逃回了河北，不久一命呜呼。曹军打扫战场时清理袁绍的书信，发现竟有很多是自己军中及许昌诸人暗通袁绍的信件，有人建议曹操应逐一查明并予以严惩，曹操笑了笑："袁绍雄踞北方，当时我尚且难以自保，何况他人？"命人将这些信件都付之一炬，不再追究。

官渡之战是我国历史上著名的以少胜多的战役，它奠定了曹操统一中国北方的基础。整个战役中，双方统帅的表现可谓天壤之别：袁绍骄傲自大，听不进忠言良策，对手下人无端猜忌，用人上存在着重大失误；反观曹操，很善于听取部下的建议，面对不利的战局，他也一度动摇，但他能采纳荀彧的主张，打消杂念；许攸前来献策，曹操能力排众议，敏锐地把握住战机，并亲自执行以示决心。在他的领导下，文臣武将各尽其能。关羽的勇武，荀彧的谋略，许攸的奇策——大家的长处都得到充分发挥，而曹操以其博大的胸襟，将各人的优点整合成集体的智慧和力量，不愧为一代枭雄！

三顾茅庐

　　自古成大事者，除了自己聪明能干以外，还少不了有贤人辅佐：比如姜子牙帮助周武王灭殷兴周，张良辅佐汉高祖刘邦建立汉朝。东汉末年，天下大乱，群雄逐鹿，对于一心想建功立业的刘备来说，有一个人就是他的"姜子牙""张良"，这个人就是诸葛亮。

　　诸葛亮号卧龙，在遇到刘备之前，他只是一个布衣百姓，在一个叫"隆中"的地方种田。俗话说，酒香不怕巷子深。诸葛亮虽然住在乡下，可他凭借才能却早已声名在外，据说他用兵"密如神鬼，疾如风雷"，常常自比管仲、乐毅，是个难得的奇才。

　　当时正逢黄巾军起事，枭雄辈出，曹操坐据朝廷，孙权拥兵东吴。作为汉朝宗室的刘备想和这几只"老虎"抢食，在乱世中分一杯羹，并不是件容易的事。听说诸葛亮的才能以后，刘备大喜，心想：我现在有关羽和张飞在前线冲锋陷阵，要是再把诸葛亮招到麾下在后方出谋划策，岂不如虎添翼？

于是，刘备和关羽、张飞一起来到隆中，要请诸葛亮出山。走了不知多久，前面忽然传来一阵歌声。"苍天如圆盖，陆地似棋局；世人像那黑白子，棋盘往来争荣辱。荣者自安安，辱者定碌碌。不如学我隐居客，高卧冷眼看世俗。"刘备放眼望去，看见山下有几个农夫正在田间耕作，歌声正是从他们那个方向传过来的。

"这歌是谁教你们唱的？"刘备听闻歌中既有看透名利的睿智，又有隐居出世的豁达，心下想到应该不是普通山野村夫所作，便勒马召来唱歌的农夫问道。"这是卧龙先生教我们唱的。"农夫回答道。"当真是山中高人，那卧龙先生现住在何处？""从这里往南，有一带地势较高，那里是'卧龙冈'，冈前树林中有一座茅庐，就是卧龙先生的住处。"

刘备谢过指路的老乡，和关、张二人及随从策马前行，走了几里路，果然前面出现一块高地。"这里应该就是卧龙冈了。"刘备遥望卧龙冈，这里实是异于寻常地方：只见流水从山顶潺潺而下，像一条游龙盘卧山石；云卷修竹，柴门半掩，不时有野鹤飞过，真是清丽秀雅之地。刘备来到茅庐前，下马亲自叩柴门，走出来一个童子。"汉左将军、宜城亭侯、领豫州牧、皇叔刘备，特来拜见诸葛先生，劳烦通报。"刘备恭敬地说。

那童子看了刘备一眼，懒洋洋地应道："先生今早出门去了。"

"敢问诸葛先生去哪儿了？"

"踪迹不定，不知何处去了。"

刘备又问："几时回来？"

童子答："归期也不定，有时要三五日，有时要十几日。"

满心欢喜来扑了个空，刘备惆怅不已。张飞说："既然这次见不到，那就先回吧。"刘备说："稍等一下，说不定先生很快就回来了。"见在这里干等也不是办法，关羽也劝道："不如我们先回，过几天再派人来看诸葛先生回来了没有。"刘备听从了关羽、张飞的话，临行前嘱咐童子："如果先生回来了，请务必转告刘备来拜访过。"遂上马，回到了军营驻地新野。

过了几天，刘备差人到卧龙冈打听，随从回报说："卧龙先生回来了！""果真？快备马，我要亲自拜访先生。"见刘备急匆匆要走，张飞有点纳闷儿："不就是个山野村夫嘛，哥哥找人叫来便是，不用亲自去吧。""翼德无礼。嘴上说要招贤揽能，行为却傲慢无礼，这和说好让别人到家里做客却关门不让进有什么区别？卧龙先生是大贤人，我怎能召之即来，挥之即去？"刘备遂上马再往拜访诸葛亮。

时值隆冬，天气严寒，刘备和张飞走了没多久，忽然下起雪来。

刘备张飞冒雪来到卧龙冈，到庄前叩门问童子："请问诸葛先生在家吗？"

"在家，正在堂上诵书。"童子应道。

刘备大喜，跟着童子来到草堂之上，一个翩翩少年正在堂上拥炉而歌："凤凰翱翔在高空，非梧桐树不栖息；名士隐居在山林，非明君主不与居。"待少年唱完后，刘备赶忙上前作揖："刘备久闻卧龙先生大名，今天冒风雪而来，能与您一见，实在是万幸。"

"将军莫非是一直想见家兄的刘豫州？错了错了，我是卧龙先生的弟弟诸葛均。"少年笑着说。

"那卧龙先生在家吗？"

"家兄昨天和好友崔州平相约，到外面闲游去了。具体去哪儿了我也不清楚。"

"原来是这样，那数日之后，我还会再来，想向您借纸笔写一张字条，请您转交卧龙先生，以表刘备殷勤之意。"诸葛均找来纸笔，刘备留下字条便上马告辞了，外面风雪交加，雪下得比来时似乎更大了，刘备第二次又扑了空，回望卧龙冈，心里惆怅极了。

刘备回到新野之后，光阴荏苒，又到了第二年新春，他决定再去卧龙冈拜访诸葛亮。刘备和关羽、张飞第三次来到隆中卧龙冈，童子出门报道："先生今天虽然在家，但在草堂午睡。"三人在门口等了一会儿，张飞急了："这人太傲慢了，等我去他们家后门放把火，看他还起不起来。"关羽连连相劝，这才拉住怒气冲冲的张飞。

又等了一个时辰，诸葛亮才醒，吟诗道："大梦谁先觉？平生我自知。草堂春睡足，窗外日迟迟。"吟完诗，翻身问童子说："今天有客人来吗？"童子曰："刘皇叔来了，在外面站着等了有一会儿了。"诸葛亮起身道："怎么不早告诉我呢？等我找件合适的衣服就去会客。"刘备在门外干等着，只见诸葛亮转入后堂，又过了半晌，才一边整理衣冠一边出门迎接。

刘备见诸葛亮身高八尺，面如冠玉，头戴纶巾，身披鹤氅（chǎng），飘飘然有仙人风骨，两人一见如故，从百姓民生谈到天下大势，刘备对待诸葛亮像对待自己的老师一样，恭敬有加。诸葛亮也欣赏刘备，答应出山，助刘备建功立业。后来，在诸葛亮的辅佐下，刘备终于和曹操、孙权三分天下，成就了一番霸业。

刘备死后，诸葛亮仍然尽心尽力地辅佐蜀汉，鞠躬尽瘁，死而后已。在《出师表》中，诸葛亮说："我本来是一介平民，在南阳种田隐居，只希望在乱世之中苟且保全性命，不求在诸侯之间做官扬名。先帝（刘备）不因为我身份卑微，三次屈尊到卧龙冈草庐探望我，和我谈论天下大事，我十分感动，许诺一定要为先帝奔走效劳。"刘备和诸葛亮联手，济世安民，建功立业，两人互相欣赏，互相成就，留下了一段佳话。

火烧赤壁

赤壁之战是中国历史上著名的"以少胜多"的战役之一。汉献帝建安十三年（208），孙权和刘备联手，在长江赤壁一带大胜曹操，奠定了三国鼎立的基础。

东汉末年，曹操、刘备和孙权分别占据了中原、巴蜀和江东地区，曹操的势力最强大，他一直想消灭刘备和孙权，一统天下。公元208年，曹操挥师南下，占领了荆州的大部分地区，迫使刘备退守夏口（今湖北汉口）。刘备和孙权决定联手，一起抵抗曹操。

"我二十万大军压境，看刘备和孙权哪里走！"曹操率领二十多万大军从江陵（今属湖北）沿江东进，直奔夏口。孙刘联军只有五万人，双方人数差距悬殊，两军在赤壁相遇了。曹操虽然仗着人多，可他的士兵都是北方人，不会水战，第一次和孙刘联军交锋就吃了败仗，于是曹操退守江北，和孙刘联军隔江对峙。

周瑜是孙权统兵的都督，他见曹操的军队不会水战，眉头一皱，计上心来："曹操人多势众，正面硬碰硬我们不一定是对手，我们用计骗曹操把战船连起来，再用火攻，一定能把他们连锅端了，诸葛先生意下如何？"

诸葛亮在刘备军队里当军师，他听了周瑜的计策，感觉可行，就和周瑜安排了一系列计策，等着曹操上钩。

一天，周瑜召集手下大将商量进攻曹军，周瑜手下的老将黄盖跳出来说："都督，使不得，曹操兵力强大，我们进攻简直是自寻死路，不如投降吧！"

周瑜一听，大怒："好个黄盖，还没打就投降，扰乱军心。来人，给我拖出去打五十军棍！"

黄盖被打以后，派人送信给曹操，说自己劝周瑜投降保存实力，谁知那周瑜不知好歹，所以想投奔曹操。曹操本来还将信将疑，这时埋伏在周瑜军营里的曹军奸细也传回消息：周瑜确实打了黄盖五十军棍，黄盖正在气头上，是真的要投降。曹操听到这个消息后，高兴极了。

当时曹操军队的士兵大都不习惯坐船，有人给曹操出了个主意：把战船用铁锁连起来，人和马在船上就像踩在平地上一样，一点也不颠簸，这样就不会晕船了。果然，曹操的战船用

铁索相连后，士兵在江上如履平地，和在岸上没什么区别。不
过谋士又说："把战船连起来确实不容易晕，可是对方要是用
火攻，恐怕相连的战船就都着火了。"曹操听后哈哈大笑："不
必担心，我们在北边，他们在南边。现在是冬天，只刮西北风，
他们要是用火攻，岂不是把自己给烧了？"大家一想，觉得有道
理，便放松了警惕。

临战当天，曹操收到黄盖送来的信，约好要来投降。只见黄盖带着十几只小船从江对岸驶来，曹操正得意，天气突然一变，大冬天刮起了东南风。黄盖一招手，十几艘小船顿时燃起熊熊大火，原来黄盖是假投降，他的船上装满柴草和油脂，就等着放火烧曹军呢。着火的小船借着东南风，直接冲入曹操大军，曹操的战船哪经得住这么大的火势，一下子着了火，又因为战船被铁链锁住，大火把铁链烧得滚烫，根本就解不开，其他战船没法挣脱，曹操大军顿时被烧成了一片火海，曹操的兵烧死的烧死，跳河的跳河，哪还有什么战斗力！

曹操一看不好，急忙弃船上岸，谁知岸上屯放粮食的军营也被周瑜事先埋伏的士兵烧了。曹军大败，曹操狼狈地逃回了中原。

赤壁一战，使孙权巩固了他在江南的统治，刘备则乘机占领了荆州大部分地区，形成曹、孙、刘三国鼎立的局面。周瑜和黄盖巧施"苦肉计"诈降曹操，也成为"赤壁之战"中最有名的故事之一。

草木皆兵

所谓天下之事，合久必分，分久必合。西晋灭亡后，中国进入南北朝分裂时期，南方有琅琊王司马睿在建康（今江苏南京）建立东晋，北方进入五胡十六国时期，少数民族政权纷纷迭起。后来，北方的前秦皇帝苻坚先后灭掉其他政权统一了黄河流域，占领了北方的大片土地。此时的苻坚雄心壮志，一心想要消灭东晋，统一南北。

公元383年，蓄谋已久的苻坚终于开始行动，他率领六十余万步兵，二十七万骑兵，进军建康。在强敌压境的危难关头，晋朝遣派都督谢石、徐州刺史谢玄带领七万北府精兵迎敌。苻坚的弟弟苻融劝苻坚说："敌军人少，容易俘虏，我们应该迅速出击，不给他们喘息的机会，这样一定能大获全胜。"听了苻融的话，苻坚更不把晋军放在眼里，秦军的前锋部队占领了寿阳后，他亲自率领八千轻骑兵到达这里，只等着大部队到达以后，一举灭掉晋军。

当时，前秦部队里有一个叫朱序的人。朱序本是东晋的官员，公元379年，秦军攻克襄阳，俘虏了朱序，任命他为度支尚书，苻坚便派他去劝降谢石。可惜苻坚错走一招，身为晋人，朱序始终对晋朝充满着感情。他见到谢石后，立马就将有关秦军数量、布阵和策略等讯息都告诉了谢石，并提议说："如果秦军几十万兵马全部到位，那晋军是不可能赢的。所以我们就要趁现在秦军的大部队还没有到达洛涧，赶紧挫败他们的前锋，速战速决。"

谢石和谢玄二人商量之后，决定采取朱序的建议，他们派北府军将领刘牢之率领精兵五千人，攻击洛涧的秦军。北府军是由谢石亲自组织训练而成的部队，士兵们个个训练有素，区区几千秦军根本就不是他们的对手，果不其然，秦军的先锋部队很快就被打得落花流水，士气大挫，军心动摇。

而赢得首战的晋军则士气大振，谢石谢玄当机立断，带领部队乘胜追击，一直追到淝水东岸，和驻扎在寿阳的秦军隔岸相望。

此时的苻坚大惊失色，他赶紧和苻融登上寿阳城头，亲自观察淝水对岸晋军的情况。看到晋军部队军旗招展，布阵整齐，将士精锐，他不禁有些担忧。接着，他转头北望，又看到八公山上的草木随着大风呼啸来回摆动,像极了无数士兵排兵布阵的景象。此时的苻坚才真的吓坏了胆,以为那些草木是晋军的士兵,他惊慌失措地问苻融说:"晋军明明有很多人,你怎么说他们数量少呢?"

事到如今,苻坚进也不是、退也不是,只能命令部队靠淝水北岸布阵,打算利用地理优势扭转战局。晋军将领谢玄使计说:"你们能否往后退一下腾出点地方来,我们才能渡河与你们交战。"苻坚心想,谢玄真的是不懂打仗,秦军完全可以在晋军渡河的时候来个突然袭击,打得他们溃不成军,于是欣然接受了谢玄的请求。

结果,苻坚中了谢玄的计,下令让部队后退。谁知,秦军刚向后撤了一点,朱序就大喊一声:"秦军失败了!"本来就已经军心涣散的秦兵真以为是打了败仗,才被晋军赶到后面,于是跑的跑逃的逃,在后退的过程中自相践踏,结果不败而亡,苻坚也中箭逃离。在逃跑的过程中,他听到风的呼啸和鹤的叫声,都以为是晋军追击的声音。

这就是历史上以少胜多的淝水之战,古人云骄兵必败,苻坚就是太自傲,所以才会败在谢安手下,而战争胜利的关键因素主要在战略而非数量，只要战略正确，以一敌百也不是不可能的事情。淝水之战后，前秦就此衰败，北方各民族也纷纷脱离了前秦的统治，东晋趁机北伐，此后数年再无外族侵犯。

〔博闻馆〕

谢公围棋

谢公与人围棋，俄而谢玄淮上信至，看书竟，默然无言，徐向局。客问淮上利害，答曰：“小儿辈大破贼。”意色举止，不异于常。

——选自《世说新语》

淝水之战期间，东晋总指挥官谢安和客人下围棋，一会儿他的侄子谢玄从战场上派出的信使到了，谢安看完信，默不作声，继续慢慢地下棋。客人问他战场上的情况，谢安回答说：“小儿辈大破贼兵。”说话的时候，神色举止和平时没有两样。但是谢安的内心真的这么平静吗？按照《晋书》的记载，谢安下完棋回屋的时候，因为太激动了，连门槛折断了他的屐齿都没有察觉。

玄武门之变

隋朝末年，天下大乱，太原留守唐国公李渊在晋阳起兵，公元618年，占领关中，在长安称帝，定国号唐，是为唐高祖。

李渊儿子众多，其中秦王李世民的功勋最为卓著。李世民很小的时候就显现出过人的才能。在他四岁的时候，一个会相面的书生就说："这孩子有着龙凤的仪表，将来一定能济世安民。"他的名字就来源于"济世安民"。他少年从军，十四岁就跟随军队参加过对突厥的战争。晋阳起兵时，李世民是首议者，他洞悉天下形势，坚决劝说李渊起兵反隋。李渊当时犹豫不决，便对李世民说："这事成也由你，败也由你，事已至此，我也只能拿着全族人的性命跟着你赌一把了。"

后来唐朝建立，李世民统领兵马，先后通过浅水原之战和虎牢之战等四次大的战役，消灭了主要的敌对势力，消除了唐朝的威胁，扩大了疆土。李渊曾经骄傲地说："我的次子世民是上天派给我的神将，唐朝的疆土有四分之三是世民打下来的。"李世民被封为秦王，册封为"天策上将"，领尚书令，并被特许自置官署。秦王招揽天下士人成立文学馆,秦王府和文学馆的结合,形成了秦王自己的办事机构。

平定天下以后,唐朝内部关于皇位继承的矛盾逐渐显露出来。斗争的双方分为两派,一是以太子李建成、齐王李元吉为首的太子派;二是以秦王李世民为首的秦王府派。太子和齐王十分忌惮秦王的功勋才能和秦王府的势力,所以想方设法陷害李世民。

有一次,李渊带着太子、秦王和齐王去狩猎。太子有一匹烈马,难以驯服,牵给秦王说:"这马十分雄健,能跳过几丈宽的山涧,你善于骑马,骑来试试。"秦王骑上马,马激烈地尥(liào)蹶子,秦王从马上跌下来,又跳上马背,反复多次,终于把马驯服。秦王偷偷地和身边的人说:"太子是想借这个机会害死我,然而生死有命,我岂是马能伤着的。"太子便到李渊面前诋毁秦王说:"秦王说自己是天命所归,任何东西都伤害不到他。"李渊大怒,无论秦王怎么解释,李渊都听不进去。又有一天晚上,太子请秦王去喝酒,偷偷地在酒里下了毒。秦王回家后突然心痛难忍,呕吐出很多血。秦王想远离京城,到洛阳去避祸。太子和齐王却从中作梗,诬告秦王想在洛阳自立。

　　此后，太子和齐王在李渊面前反复诋毁秦王，李渊对秦王的误会也越来越深，想要治罪秦王。太子和齐王为了削弱秦王府的实力，将秦王府的将领和幕僚都分散出去。将军程咬金对秦王说："大王，您的股肱羽翼都要没有了，您早晚会被害死。"正在这时，突厥入侵，太子举荐齐王带兵征讨，齐王请求带着秦王府的将领一起出征，李渊答应了。太子和齐王密谋，要找机会杀死秦王。

　　形势越来越紧急，秦王的部下都劝说秦王斩杀太子和齐王。房玄龄和长孙无忌劝说道："太子和齐王害死的不仅是秦王您，更会危害江山社稷啊。您的功德盖过天地，理应继承大业。"秦王有些犹豫："自古以来，兄弟相残都是恶事，我不忍心这样做。还是用龟甲卜一卦，看看吉凶，遵从上天的旨意吧。"这时，张亮从外面进来，把龟甲狠狠地摔在地上，厉声喝道："对于决定不了的事情才会卜问上天，现在已经是生死存亡的时刻了，还有什么决定不了的。"于是，秦王下定了决心。

　　秦王马上向自己的将领下达了命令，整顿兵马。然后只身入宫，向李渊揭露太子和齐王的罪行。这时，天象也显示出异象，掌管天象的官员傅奕向李渊报告说："太白出现在秦地，主秦王当有天下。"李渊这时才完全醒悟过来,下诏召太子和齐王明日进宫议事,准备废黜太子和齐王。

　　当晚,李世民带领秦王府的兵将埋伏在玄武门。第二天,太子和齐王骑马入宫,到了临湖殿的时候,感觉杀气重重,气氛很不对。太子和齐王觉出有变,于是调转马头准备逃跑。这时秦王振臂一呼,伏兵四起。齐王翻身拉开弓箭射向秦王,连射了三箭都没有射中。秦王拉开弓,一箭就把太子射落马下。太子坠马而死。

尉迟敬德带着骑兵追赶齐王，乱箭纷飞，齐王落马。恰在此时，秦王骑的马受惊跑到了树林里，被树枝挂住，李世民从马上跌落爬不起来了。齐王猛然跳起来，夺过弓，想用弓弦把秦王勒死。尉迟敬德赶着马，飞奔过来，大喝一声："休要伤害我家主公。"齐王撒手逃跑，尉迟敬德从后面追赶，用箭把他射死了。

当时，李渊正在太液池泛舟玩耍，秦王派尉迟敬德带着士兵入宫。尉迟敬德全身武装，手拿着长矛，径直去见李渊。李渊十分震惊："是谁作乱？你来这想做什么？"尉迟敬德回答说："太子和齐王作乱，秦王已经发兵把他们斩杀，害怕惊动陛下，所以派臣来保护陛下的安全。"李渊回过头来问身边的大臣："不想今天竟然发生这样的惨事。事到如今，该怎么办呢？"大臣回答说："太子和齐王本就想要谋害秦王，现在秦王把他们杀死了。秦王功盖宇宙，众望所归，希望陛下能信任秦王，把国家托付给秦王。"李渊叹息说："也只好如此了。"于是，高祖李渊禅位给秦王李世民，也就是历史上有名的唐太宗。

玄武门之变是一场残酷的宫廷流血政变，两派势力为争夺皇位互相厮杀。无论谁胜谁负，都是一场人伦惨剧。

〔博闻馆〕 ～～～～～～～～～～～～～～～～～～

贞观之治

唐太宗李世民在位时，知人善任，广开言路，虚心纳谏，并厉行节约，让百姓休养生息，使社会经济出现了安定繁荣的局面，史称"贞观之治"。

唐太宗用人唯贤，不问出身，搜罗了许多杰出的人才。如房玄龄与杜如晦，人称"房谋杜断"；长孙无忌、杨师道、褚遂良，都很有才能；李勣、李靖等一众名将，功勋卓著。

在民族关系上，唐太宗采取怀柔政策，非常尊重其他民族的生活习惯，还通过"和亲"进一步发展民族关系。唐太宗被少数民族尊奉为"天可汗"。唐太宗时期还加强了对西域等地区的管辖，加强了与亚洲各国的友好往来。

以人为镜

唐太宗李世民是一代明君，开启了贞观之治，他的身边有很多贤臣，魏徵便是其中之一。

魏徵原是太子李建成府中的谋士，曾经极力劝说太子早日除掉李世民。玄武门之变发生后，李世民派人把魏徵带来问道："你为什么要离间我们兄弟？"魏徵从容回答说："太子要是按照我说的去做，就没有今日之祸了。"李世民见魏徵说话直爽，哈哈大笑，赦免并任用了他。

魏徵相貌平平，但他非常有胆识和谋略，循循善诱，能够改变别人错误的主意。魏徵敢于犯言直谏，有时太宗龙颜大怒，他也面不改色，神态自若。

有一次魏徵外出归来，问太宗道："我听说您想要巡幸南山，连行装和出行的队伍都准备好了，可您为什么最后没去呢？"太宗不好意思地笑着说："本来确实想去南山游玩的，可又怕被你责怪，所以就半途而废了。"

太宗曾经得到一只上品鹞（yào）鹰，时常拿着嬉玩，有一次正好遇见魏徵。他远远看见魏徵向自己走来，怕他又说自己好逸恶劳，不理政事，就赶紧把鹞鹰藏在了怀里。魏徵禀告政务用了很长时间，鹞鹰竟然闷死在怀里。

贞观六年（633），群臣请求封禅泰山，以彰显太宗的功德，魏徵却认为不行。太宗不解地问道："您不想让我封禅泰山，是觉得我的功勋不够高么？"魏徵回答道："足够高了。""那难道是我的德行还不够深厚？""足够深厚了。""那是国家不够安定？""足够安定了。""或者是周边的国家还没有归服？""已经归服了。""难道是收成不好？祥瑞没到？""收成很好，祥瑞也到了。""那为何不能去封禅？"魏徵分析道："隋朝大乱，现在刚刚安定，府库还很空虚，恐怕不能承受封禅的开支。况且封禅要让众多国家的人员随从，很容易暴露我们的虚实。封禅只是个虚名，却要百姓承受沉重的负担，很不划算。"太宗觉得很有道理，就打消了封禅的念头。

魏徵进言如此不留情面，太宗大多时候都会采纳，但也会恼怒。有一次，太宗上朝回来，怒气冲冲，咬牙切齿地骂道："我一定要杀了这个乡巴佬。"皇后问道："您说的是谁？"太宗余怒未消："除了魏徵还会有谁？他每每当着众人的面揭我的短，让我难堪。"皇后劝说到："我听说皇上圣明，做大臣的才会直言。如今魏徵如此耿直，正好说明陛下您开明。"太宗细细一想，转怒为喜。

贞观十年（636），长孙皇后去世，葬于昭陵。太宗对她思念无法停止，为了缓解思念之苦，便在宫中建起了楼，经常登楼眺望妻子的陵墓，还让大臣陪同悼念。一次太宗让魏徵陪同，并指着昭陵的方向问魏徵是否看清了，魏徵装作没看见，李世民顿时急了，问："怎么会没看见，昭陵那么大！"魏徵闻言回答说："我以为陛下望的是埋葬先皇的献陵，原来是昭陵啊！"李世民听后明白魏徵是在提醒自己，不要只顾及思念亡妻而忘了父亲。于是便哭着下令拆掉了这座楼。

太宗对魏徵十分喜爱和倚重，他曾经对人说："别人说魏徵做人疏慢，可是我看他的态度只觉得直率可爱。贞观以前，跟随我平定天下，辗转奔波于乱世，这是房玄龄的功劳。贞观之后，尽心对我，进献忠直的劝告，安国利民，敢于冒犯国君尊严直言规劝，纠正朕的过失的，只有魏徵一人而已。"

贞观十七年（643），魏徵病重卧床。太宗派使臣探望，送医送药，还带着太子一同去看望魏徵。不久，魏徵病逝。太宗下令九品以上的官员都要去吊唁（yàn），演奏哀乐，准许魏徵陪葬昭陵，准备了华丽的马车和陪葬品。魏徵的妻子说："魏徵一生勤俭朴素，如今厚葬，恐怕不是他的志向。"于是就用一辆车拉着灵柩去埋葬了。

太宗登上西边的城楼，望着送葬的队伍失声痛哭，几次都气绝晕倒。太宗对魏徵的思念一刻不能停歇，时常眼含热泪地对身边的人说："用铜作镜子，可以整理衣冠；用历史做镜子，可以明白朝代兴衰的规律；用人做镜子，可以照见自己的对错。如今魏徵病逝，我失去了镜子啊！"

唐太宗李世民从谏如流，能够以人为镜，才能开创贞观之治。在生活中我们也要善于听取别人的建议，这样才能少犯错误。

无字丰碑

在陕西咸阳有个乾陵,埋葬着唐高宗李治和武则天。李治的墓前立着一块石碑,记载了李治一生的功绩。武则天的墓前也有一块高大的石碑,上面却空无一字。想要知道这块无字碑的来历,我们还得从武则天传奇的一生说起。

武则天又名武曌(zhào),曌字为武则天自创,意为日月当空。她祖籍山西文水,父亲是唐朝功臣武士彟(huò)。武士彟早年从事木材买卖,家境富足,与唐高祖李渊相识,李渊起兵后曾出资资助过他,因而被封为功臣。

武则天年幼时,父亲去世,她的堂兄对她百般刁难和虐待,幼年不幸的遭遇和恶劣的生长环境,造就了武则天坚韧的性格。贞观十一年(637),武则天刚满十四岁,便应征入宫。告别时,她的母亲杨氏十分不舍,伤心地流着眼泪。武则天却说:"能去侍奉圣明的天子,难道不是我的福气?为何还要哭哭啼啼、作儿女之态呢?"

入宫后,武则天积极经营,很快就引起了唐太宗的注意,

赐号"武媚"。太宗有匹马叫狮子骢（cōng），肥壮任性，没有
人能驯服它。武则天当时侍奉在侧，对唐太宗说："我能制服
它，但需要有三件东西：一是铁鞭，二是铁棍，三是匕首。用铁
鞭抽打它，不服，就用铁棍敲击它的脑袋，再不服，就用匕首割
断它的喉管。"唐太宗十分惊讶，觉得武则天很有才气，但手段
过于毒辣，对她并不宠爱。武则天在太宗时只是个才人。

　　后来唐太宗病重，太子李治昼夜在床前侍奉，武则天与
李治逐渐产生了感情。太宗去世后，武则天依照规制到寺庙出
家，不久就被唐高宗李治接进宫中。武则天入宫前已有身孕，
入宫后不久便产下长子李弘。高宗对武则天十分宠爱，她开始
在后宫争宠，排除异己。永徽六年（655），王皇后被废，唐高
宗打算立武则天为皇后，遭到元老大臣的反对。唐高宗一时拿
不定主意，这时，功臣元老李勣（jì）说了一句："这是陛下自己
的家事，何必去询问外人呢？"最终，唐高宗下定决心，立武则
天为皇后。

　　高宗身体向来孱弱，患有严重的头疼病。有时头疼起来，
头晕目眩，不能处理政务。武则天精通文史，处世练达，时常
代替高宗处理军国大事。渐渐地，武则天树立了威信，也变得

独断专行起来，这引起高宗的不满，要废掉她。武则天得知后，跑到高宗面前哭哭啼啼，细细说着自己的不易，最终得到高宗的谅解和信任。高宗允许她和自己一起临朝听政，后李治称天皇，武则天称天后，这就是历史上的二圣临朝。后来，高宗的头疼病越来越严重，打算让武则天摄政，宰相郝处俊进谏道："陛下奈何将高祖、太宗的天下，不传给子孙而委任给天后啊！"此事因此作罢。

永淳二年（683），唐高宗李治去世，武则天的次子李显即位，是为唐中宗。中宗年轻气盛，意气用事，他打算任命韦皇后之父韦玄贞为侍中，宰相裴炎力谏，李显生气地说："朕即使把天下都给韦玄贞，又有何不可？还在乎一个侍中吗？"武则天以此为借口将李显废黜为庐陵王，立第四子豫王李旦为帝，为唐睿宗。唐睿宗只是个傀儡（kuǐlěi），政令实际都由武则天发布。公元691年，武则天改国号唐为周，改元天授，登基称帝，成为中国历史上第一位也是仅有的女皇帝。

武则天的执政毁誉参半。她在政治上打击门阀，打破了保守贵族集团对朝政的控制，为社会发展创造了良好条件。她创新科举形式，重视人才，任用寒门贤士。当时"君子满朝"，著名的贤臣有娄师德、狄仁杰等，后来的"开元贤相"姚崇和宋璟也是武则天提拔起来的。武则天甚至十分欣赏反对她的骆宾王，读了骆宾王的《讨武檄（xí）文》后，遗憾地说："有如此的贤才而不任用，这是宰相的失职啊。"武则天注意轻徭薄赋，劝课农桑，对农民和农业生产保有一种宽松的态度，社会经济有了很大发展。

武则天为了称帝，大肆任用酷吏和自己的家人，残酷屠杀唐朝宗室和朝臣，引起巨大的社会恐慌和强烈的反抗，就连她流放在外的儿子李显也内心惶惶，每当听到有使臣到来或者匆忙的跑步声，就吓得面如土色，和妻子抱头痛哭，以为自己要被赐死。而且武则天后宫生活较为混乱，蓄养男宠，一些大臣便刻意讨好男宠，造成了很多不好的影响。

随着年事渐高，武则天对朝局的控制也渐渐变弱。神龙元年（705）正月，武则天病笃，卧床不起，只有宠臣张易之、张昌宗兄弟侍侧。宰相联合禁军统领，称张易之、张昌宗兄弟谋反，发动兵变，率禁军五百余人，冲入宫中，杀死二张，包围武则天寝宫，武则天被迫退位，中宗李显复位，恢复国号以及唐朝的制度，史称神龙革命。

同年年底，武则天去世。去世前，武则天自己去掉帝号，自称是李家的媳妇，要求与高宗合葬。武则天回顾自己的一生，百感交集，是非对错就如过眼云烟一般，最后她嘱托后人为她立下一块无字碑，让自己的是非功过，由后人评说。这就是我们现在看到的无字碑的来历。

安史之乱

公元755年的冬天异常寒冷，唐玄宗和杨贵妃沐浴在华清池的温泉里，享受着他们的爱情。

这是玄宗执政的第三十四个年头，此时的他已经是个老人，完全没有了当初即位时的锐意进取，他宠幸杨贵妃，重用其兄杨国忠为相，变得懒于政事，贪图享乐。忽然，一个内廷的传事官慌慌张张地跑到玄宗面前禀报："范阳节度使安禄山协同平卢节度使史思明起兵造反了！"玄宗惊呆了："不可能！安禄山怎么会造反？朕一直对他恩宠有加，他怎么会造反呢？"

安禄山是北方的胡人，骁勇善战，机灵聪慧，出任节度使后，可以上朝廷议事。安禄山入朝面圣的时候，身材肥胖，大腹便便，玄宗便指着他的肚子笑着说："爱卿，你的肚子里装了什么，怎么那么大？"安禄山毕恭毕敬地回答道："只有一颗对陛下的忠心。"在欢迎宴会上，玄宗让安禄山拜见太子，安禄山不解地问道："太子是什么？"玄宗耐心地解释道："太子就是国家的储君，未来的皇上。"安禄山跪倒在地，连连请罪："臣罪该万死，臣一心只有陛下一人，不知道有太子。希望陛下保养龙体，做一万年的皇上。"安禄山虽然肥胖，却也能歌善舞，跳起舞来滑稽可笑，逗得玄宗和杨贵妃捧腹大笑。玄宗和杨贵妃十分喜欢安禄山，对他就像一家人一样，安禄山认杨贵妃为义母，自称胡儿。

安禄山表面极力讨好玄宗，获取玄宗的宠信，暗地里却在不断培植自己的势力，日夜招兵买马，训练军队。他的谋反之心路人皆知，很多大臣连连向玄宗上书，但玄宗固执地认为安禄山不会谋反，还把那些上书的大臣绑起来，送到安禄山那里，最后再也没有人敢进言了。

经过充分的准备，在天宝十四年（755）的时候，安禄山召集军队宣称："我得到皇帝密旨，要你们同我一起入朝讨伐奸相杨国忠。"他从范阳起兵，联合史思明南下反唐，正式拉开了"安史之乱"的序幕。

刚开始宰相杨国忠十分轻敌，他信誓旦旦地说："想造反的只有安禄山而已，将士们其实都不想造反。不出一个月，安禄山的人头肯定会被送到这里来。"然而，当时的唐朝已经和平安定了很久，军队缺乏战斗力，一触即溃，安史叛军所向披靡，很快占领了黄河以北的郡县。唐玄宗大惊失色，仰天长叹："河北二十四个郡县，难道就没有一个义士？"

叛军几乎没有遇到抵抗，很快推进到洛阳，河南尹（地方最高官员）达奚珣（xún）不战而降，洛阳失陷。唐玄宗慌忙之中调派西北名将封常清和高仙芝抵抗叛军。封常清和高仙芝商量说："我连日来和叛军血战，敌人的兵锋正盛，不可抵挡，陕地已经没法坚守。为今之计只有固守潼关，阻挡叛军进入长安。"于是，高仙芝率领军队西撤到潼关。还没撤完，敌人就追来了，唐军大败，乱成一团，死伤甚众。封常清和高仙芝决定固守潼关，加强城防，叛军攻克不了，撤兵而去。

监军太监边令诚干涉军务，与高仙芝产生矛盾。边令诚于是上书报告封常清和高仙芝先前兵败的惨状，并诬告说："封常清害怕叛军，天天说贼军声势浩大，动摇军心。高仙芝丢弃了陕地几百里的土地，还克扣军粮。"玄宗一怒之下，斩杀了两位主将。军队失去主帅，只好起用年事已高、在家养病的名将哥舒翰。

因为有封常清和高仙芝前车之鉴，哥舒翰只能硬着头皮出战，结果中了埋伏，唐军大败，潼关失守。潼关是长安抵挡叛军的最后一道防线，潼关被叛军占领以后，长安已无险可守。唐玄宗带着太子、杨贵妃等仓皇出逃。不久，叛军占领长安。安禄山在洛阳称帝，国号大燕，自称大燕皇帝。

唐玄宗一行准备逃往成都。队伍行进到马嵬（wéi）坡的时候，天色已晚，又下起了大雨，大家饥肠辘辘，将士们都心怀怨气，终于激起哗变。将士们高呼："杨国忠与胡虏谋反！"将杨国忠乱刀砍死，把他的头用枪挑着挂在驿站的门口。玄宗亲自出门安抚军心，大家都不买账。将士们又高喊着处死杨贵妃。众怒难犯，唐玄宗无奈，只好忍痛将杨贵妃赐死。

马嵬之变发生以后，出逃的队伍分成了两队。一队由玄宗带领到达四川成都，另一队人马则拥戴太子北上，继续抵抗叛军，收复失地。太子在众将的拥戴下继承了皇位，也就是肃宗。肃宗遥尊玄宗为太上皇，成为平定叛乱的核心。肃宗发动了勤王的诏令，号召天下臣民和兵马共同消灭叛军，重整军马，并重用久经沙场的老将郭子仪和李光弼，唐军声势渐大。与此同时，安禄山自称帝后，骄奢淫逸，十分残暴，激起反抗，百姓日夜盼着唐军收复失地。

唐军和叛军展开了旷日持久的战争。双方势均力敌，展开了拉锯战。肃宗为了能早日收复长安，于是向回纥（hé）借兵，并许诺："攻克城池后，我们的土地、财宝和人口都归回纥所有。"

　　回纥军队的加入，增加了唐军的实力。这时，叛军内部也发生了分裂，安禄山和史思明相继被自己的儿子杀死。肃宗借机分化他们的将领，许诺平叛结束后封他们为节度使。叛军内部的分裂和内讧削弱了他们的实力。最后，历经八年的战争，公元763年安史之乱终于被平定，唐军收复长安和洛阳，玄宗和肃宗二圣还朝。

　　安史之乱是唐朝由盛转衰的转折点，从此之后，唐王朝一蹶不振，最终灭亡。安史之乱形成了藩镇割据的局面，中央对地方缺乏有效控制，甚至出现地方对抗中央的情况，直接导致了唐亡后五代十国分裂的局面。

黄袍加身

唐朝灭亡以后，中国进入了五代十国的混乱时期。中原地区先后存在过五个实力强大的国家——梁、唐、晋、汉、周。到了后周世宗柴荣的时候，后周势力逐渐强大，不断地开疆拓土，大有统一天下的趋势。然而不幸的是，公元959年，后周世宗在对辽作战的途中身染重病，同年夏天病逝，享年三十九岁。他七岁的幼子柴宗训继位，是为周恭帝。由于新继位的君主十分年幼，军民都深怀疑虑，国家的根基不稳。

公元960年正月，有消息称辽国和北汉联合南下入侵。仓促之间，周恭帝任命赵匡胤（yìn）统领诸位将领迎敌。当时赵匡胤已经掌管军政六年之久了，他多次跟从周世宗出兵作战，功勋卓著，在军中很有威望，逝世前柴荣任命赵匡胤为殿前都点检，大家都归心于他。当时，京城中流传着这样的话："点检做天子。"

大军出征的当晚，驻扎在离京城六十里的陈桥驿。将士们都在私底下议论："现在的国君还十分年幼，就算我们出生入死，谁又能知道呢？还不如先拥立点检做皇上，我们再一同出征。"一名军官跑到赵匡胤的弟弟赵匡义和书记官赵普的营帐中，想汇报这件事情。话还没说完，就见诸将手握着寒光闪闪的刀剑冲了进来，大声喊着说："我们已经在军中商量好了，要拥立点检做皇上。"赵匡义趁机引导说："拥立异姓做天子，虽然是天命所归、人心所向，但你们要严格约束自己的士兵，不要让他们烧杀抢掠，京城的人心安定，天下自会平定，你们也就可以安享荣华富贵了。"众将连连答应。商定后，他们连夜派出使者去给守卫京城的禁军将领报告消息。各军的将士都披挂整齐，手拿兵器，排着整齐的队伍，等待天明。

当晚，赵匡胤喝得大醉，正在军帐里呼呼大睡，全然不知外面发生了什么。天蒙蒙亮的时候，众将顶盔挂甲，拿着兵器，径直跑到赵匡胤的营门口大呼："现在军中无主，我们愿意拥点检做天子。"赵匡胤猛然从睡梦中惊醒，噌一下就坐了起来。还没来得及回应，就见众将闯进营帐，将一件黄袍披到了他的身上。众将围着赵匡胤整齐地跪下，连连叩首磕头，高呼万岁，然后把赵匡胤扶上马，前往京城。赵匡胤看将士们群情激昂，事到如此，也无法制止了，于是就勒住马，与将士们立誓：

　　"你们这些人既然拥立我为天子，凡是我的号令，你们能遵守执行么？"众将翻身下马，跪在地上齐声说："唯命是从。"赵匡胤接着说："太后、主上曾经是我的君主，朝廷的大臣都是我的同僚。你们不得惊扰欺凌他们，也不得抢夺府库。听从我命令，有重赏，违抗军令的，严惩不贷。"大家齐声答应。于是，赵匡胤带领军队从仁和门进入京城，秋毫无犯。

当时，宰相范质和王溥（pǔ）刚上完早朝还没离开，听到政变的消息，大为吃惊。范质紧紧握着王溥的手懊悔地说："仓促地委派将领，这是我们做宰相的罪过啊。"范质的手指甲都掐进王溥的肉里了，流出了血。王溥吓得六神无主，一句话也说不出来。

众将簇拥着赵匡胤登上明德门，赵匡胤命令士兵回到军营，退出各个官署衙门。不一会儿，众将押着范质等大臣过来，赵匡胤流着热泪，声音哽咽："我深受周世宗的厚恩，如今被六军逼迫，到了今天这种情况，实在是愧对天地，我该怎么办啊？"范质还没回答，身后的士兵手提着宝剑，厉声喝道："我等现在已经没有了主上，今天必须有新天子。"范质等大臣你看着我，我看着你，无可奈何，只好跪拜施礼。周帝禅位，赵匡胤即皇帝位，建国号宋，是为宋太祖。

这次兵变又叫"黄袍加身"，没有过多的流血牺牲，就完成了政权的更迭。赵匡胤当皇帝是民心所向，而此后他也不负众望，出兵四方，统一了中国。

岳飞抗金

　　1103年，一声婴儿啼哭打破了小山村的宁静。孩子的父亲岳和高兴地眉开眼笑，望着在襁褓（qiǎngbǎo）中哇哇大哭的婴儿，他思量着给孩子起个什么名字，这时，一只大鸟从屋顶叫着飞过，岳和心中一动："对，就给孩子起名岳飞，希望他能像大鹏鸟一样展翅高飞。"

　　岳飞生长的环境并不太平，当时宋朝经常受到敌国的攻击。从小，岳飞就立志学习武艺，保家卫国。岳飞身体健壮，天生神力，经过十几年的勤学苦练，终于学有所成。十九岁那年，岳飞从军报国。那时的朝廷十分腐败无能，一味地妥协议和，军中的统帅也大多昏聩无能，连连失败。公元1127年，金兵南下，一举攻破宋朝都城开封，俘虏了徽宗、钦宗和众多大臣，北宋灭亡。金兵到处杀人放火，抢夺人口和钱财。

　　此时，在家为父亲守孝的岳飞，心中愤慨，想要投军报国，可家里上有老母，下有孩童，一时犹豫不决。岳母看见岳飞心事重重，于是就问岳飞，岳飞满含热泪说："眼看着国家残破，百姓受苦，想要从军抗敌，可又怕家里没人照应。"岳母深明大义，凛然说道："好男儿就应该尽忠报国，你放心去从军，家里有我照看。"岳飞十分感动，跪倒在母亲面前，岳母拿着针在岳飞的脊背上刺上"尽忠报国"四个字。于是岳飞辞别家人，继续从军。

　　北宋灭亡后，赵构向南渡过长江，建立了南宋。南宋的君臣同样被金兵吓破了胆，面对金兵的步步紧逼，就知道抱头鼠窜，甚至都逃到了海上。岳飞十分痛心，率领军民抗击金兵。岳飞武艺超群，谋略过人，他十分注重训练军队，逐渐组织了一支战斗力强大的军队，被尊称为"岳家军"。岳家军军纪严明，饿死不拆屋，冻死不掳掠，深受百姓爱戴。岳家军在岳飞的带领下，作战勇敢，经常打得金兵落花流水，有时金兵看见岳家军的旗号就吓得落荒而逃，金兵的主帅发出了"撼山易，撼岳家军难"的感叹。后来，南宋的局势逐渐稳定，南宋的君臣变得贪图享乐，早已经忘记了北方失陷的江山和被俘虏的徽宗、钦宗。岳飞却时刻铭记国仇家恨，常常望着北方，渴望收复失地。他连着向高宗上了六道奏折，请求出兵讨伐金国，收复失地。高宗最后拗不过岳飞的请求，于是任命岳飞为元帅，北伐收复失地。

　　岳飞带领岳家军一路北上，与金兵展开大战。金军的主帅金兀术十分英勇善战，他手下有一队战无不胜的骑兵——"拐子马"。这支部队的战马都裹着铠甲，只留出马眼，马腿由铁链连在一起，打起仗来，全体出动，势不可挡。岳飞冥思苦想，终于想出了破敌之策。岳飞告诫步兵用麻札刀杀入敌阵，不要抬头看，只管砍马的脚。拐子马连在一起，一匹马跌倒，其余战马不能前进。官兵奋起攻击，终于大破金兀术的军队。金兀术非常悲痛地说："自我领兵打仗以来，都是以这方法获胜，现在全完了！"岳家军士气高涨，连战连胜，岳飞慷慨激昂，端着酒杯激励将士们说："今天杀败金国，一直打到他们的黄龙府，到时，我们一起痛饮美酒。"

　　岳家军全线出击，很快就包围了开封。此时的金兀术已经无计可施，只能弃城逃跑。这时一个太学生对他说："您不要撤退，开封城可以坚守。"金兀术不解地问："岳飞用很少的兵就能打败我几十万的军队，京城内外的百姓都盼望着他能早点到来，我拿什么来坚守呢？"这个太学生胸有成竹地说："您说得不对。自古以来，就没有奸臣主持朝政，还允许将领在外建功立业的。依照我的判断，岳飞很快就会被陷害，自身难保，更何谈领兵打仗、建立功勋呢？"

果不其然，岳家军捷报频传，后方的皇帝和大臣却坐不住了，秦桧担心岳飞战功赫赫，抢了自己的官位；宋高宗心里盘算，岳飞一旦打败金国，迎接回徽宗和钦宗，那我就只能让位，做不成皇帝了。宋高宗和秦桧一合计，决定命令岳飞撤兵。正当岳飞带领军队到朱仙镇的时候，皇帝却在一天之内连下十二道撤兵的金牌。这些金牌像雪花一般飞来，言辞强烈，不容商量。岳飞接到这样的命令，无法再继续前进，他内心悲愤不甘，望着北方，流下了滚烫的泪水："数十年的辛苦努力，就这样毁于一旦了。"岳飞不得不下令班师。

附近的老百姓闻讯赶来，纷纷跪倒在岳飞的马前，大家哭声一片："我们这些老百姓贡献出自己的粮食，帮助岳家军收复失地，现在您要撤军，金军肯定不会放过我们，我们没有活路了啊。"岳飞撤走之后，金兀术率军迅速占领了被宋军收复的失地，岳飞听闻这样的噩耗，在马上仰天高呼："苦苦战斗收复的那些失地，一夜之间就又失去了。宋朝的社稷江山，难以再光复兴盛！这朗朗的乾坤世界，也再难有重新收复的可能了!"

　　回到朝廷以后,岳飞受到秦桧陷害,被解除军权。后来秦桧和张俊又联合诬告岳飞谋反,岳飞被下狱。在狱中,岳飞义正词严地面对审讯,并袒露出背上旧刺"尽忠报国"四个大字。主审官查明冤情,秦桧却说:"这些都是皇上的旨意!"后来案件由秦桧的党羽主审,对岳飞等人严刑拷打,却始终无法屈打成招,没办法,又给岳飞罗织了很多罪名,定为死罪。

　　朝中的大臣知道岳飞的冤情,为岳飞申冤辩白,都遭到处分。已经赋闲在家的韩世忠跑去质问秦桧,秦桧厚颜无耻地回答:"岳飞谋反的证据虽然没有,但他谋反的事大概是有的。"韩世忠生气地大喊:"你这'莫须有'三个字,怎么能够让天下人信服!"后来,岳飞在大理寺狱中被杀害,时年三十九岁。岳飞的供状上只留下八个绝笔字:"天日昭昭,天日昭昭!"

　　岳飞的死讯传出,百姓们都痛哭流涕;消息传到金国,金国大臣们摆着酒席庆贺,并说:"岳飞死了,我们与宋国议和的事就能定下来了。"

　　宋孝宗即位后,为岳飞平反冤狱,将岳飞葬在西湖栖霞岭。1178年,宋廷为岳飞追赠谥号"武穆",宋宁宗时追封为鄂王，理宗时改谥"忠武"。在美丽的西湖湖畔，坐落着雄伟的岳飞祠，岳飞的塑像威严雄伟，背后是岳飞手书的"还我河山"四个大字。岳飞作为伟大的民族英雄，永远受到后人的敬仰。

〔博闻馆〕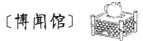

靖康之耻

宋徽宗在位期间重用奸臣蔡京、童贯等人，使北宋的政治更加黑暗，民不聊生，先后爆发了宋江、方腊领导的两次大的农民起义。虽然这些起义被镇压了，但是北宋的国力日渐衰弱。1125年金兵攻打宋朝，宋徽宗将皇位传给其子赵桓，为宋钦宗。1127年，金兵攻入北宋首都汴京（今河南开封），掳走宋徽宗、宋钦宗及大批皇亲国戚，北宋灭亡，是为"靖康之耻"。

靖康之耻导致了北宋的灭亡，深深刺痛国人的内心。岳飞在《满江红》中提到："靖康耻，犹未雪，臣子恨，何时灭！"。

靖难之役

靖难之役是明朝建文年间发生的一起政变，通过这场政变，燕王朱棣（dì）攫取了皇位，建文帝下落不明。而这场政变的发生，与建国初年朱元璋的分封藩王政策有很大的关系。

朱元璋幼时贫困，小时候曾经为地主放牛，还曾出家为僧，他参加了元末的农民起义，凭借自己的聪明才智，逐渐成为起义军首领，最终登上帝位，成为明朝的开国皇帝。为了巩固明朝的统治，朱元璋对各个方面都进行了改革，政治上，进一步加强中央集权，严惩贪官污吏；经济上，兴修水利，减免税负。社会生产逐渐恢复并发展，史称"洪武之治"。

为了保住朱姓江山，朱元璋将自己的二十多个儿子和孙子分封到各地做藩王。藩王不仅有自己的王府，而且有自己的军队，势力很大。其中燕王朱棣被分封到北平，秦王朱樉（shǎng）被分封到陕西，宁王朱权被分封至宁国（今内蒙古宁城）。

朱元璋还深知，为了巩固统治，防止皇子们为了皇位争斗，应该及早选定继承人。在众多的皇子中，朱元璋非常欣赏忠厚的长子朱标。朱标性情宽厚，对兄弟十分友爱，在诸王中威信颇高。于是在明朝建立的同日，朱标被立为太子。朱元璋对太子寄予厚望，不仅为太子设立了东宫，还请当时最著名的学者宋濂来教导太子的学业。然而不幸的是，朱标在洪武二十五年（1392）三十七岁时病逝，令朱元璋悲痛万分。对长子的深厚感情，让朱元璋力排众议将朱标的儿子朱允炆（wén）立为皇太孙。朱允炆像他的父亲一样温文尔雅，孝顺宽厚。

而此时，藩王的势力越来越大，朱允炆为此感到苦恼。有一天，朱允炆又在思考藩王的问题，长长地叹了一口气。臣子黄子澄看到后，便上前询问原因，朱允炆说："如今藩王势力日渐壮大，对朝廷的态度也越来越轻蔑，这可如何是好呢？"黄子澄回答说："您不必忧虑，藩王如果敢造反，朝廷就可发兵打败他们。汉景帝时七个诸侯国叛乱，汉景帝派周亚夫和窦婴出兵，三个月就打败叛军。以太子的威望和朝廷的军力，藩王的势力何足顾虑？"1398年朱元璋去世后，朱允炆继位，下定决心打击藩王的势力。

建文帝首先铲除的是周王，周王是燕王朱棣的同母兄弟。然后以"贪虐残暴"的罪名将代王迁至蜀地看管起来，以"不法事"罪名将岷王贬为平民，又欲以"私印钞票"的罪名抓捕湘王。接二连三的行动，让其他的藩王惊恐不已，纷纷寻找出路。燕王招募了大量的士兵，在自己的王府内进行军事训练，还打造了大量的兵器。

按照明朝的规定，藩王应回朝觐见新登基的皇帝。当所有人以为朱棣必定不敢入京时，朱棣竟然大摇大摆地进入了皇宫，而且不对皇帝行礼。群臣愤怒不已，有官员上奏说："燕王无礼，狂妄自大，理应废除封号，褫（chǐ）夺封地。"而建文帝却说："燕王是朕的叔叔，怎能这么做呢？"这本该是一个抓捕朱棣、废除燕王的好机会，但建文帝和他的谋臣们并没有认识到这一点，就这样任由朱棣返回封地，放虎归山了。

又过了两个月，到了朱元璋的忌日，按照礼制，朱棣应进京拜祭，但他意识到这次可能会有危险，于是称病，派自己的儿子朱高炽、朱高煦和朱高燧前来拜祭。亲信们劝建文帝将三人扣为人质，可是黄子澄竟然说这样会打草惊蛇，又放走了三人。

看到自己的儿子们平安归来，燕王朱棣非常高兴，但为了争取时间，招兵买马，打造兵器，于是朱棣开始装疯，以掩人耳目。但长史葛诚背叛了他，将这一情况告诉了建文帝。于是朝廷立刻派使臣前往北平，并命令北平都指挥使张信立刻逮捕朱棣。这本是一个很好的计划，但是张信和燕王的关系很好，不仅没有抓捕他，还把这一消息告诉朱棣。朱棣正式起兵造反，杀掉了使臣，攻占北平。为了给自己起兵找一个正当的理由，朱棣宣称朝中有奸臣，所以自己出兵"靖难"，清君侧。

得知朱棣起兵造反后，建文帝将大军的指挥权交给耿炳文，希望他扫除叛军。为了表现自己的重视，建文帝亲自为耿炳文送行。临行前，他对耿炳文说："请你务必不要让我背上杀害叔叔的罪名。"就是建文帝的这个命令，让朱棣无数次脱离危险，保住了性命。众将士们虽然有多次机会杀掉朱棣，可是谁都不敢违抗皇帝的旨意，唯恐伤到朱棣后被治罪，就这样，朱棣无数次死里逃生。

朱棣起兵时，燕军势小力弱，而朝廷的军队优势很大。但朱棣早年征战南北，非常具有谋略，利用自己的优势，灵活出击，不断扩大占领地。而朱元璋建国后就杀戮功臣，朝廷无将可用，建文帝只好先后起用老将耿炳文和纨绔子弟李景隆为大将军，而这两人都不堪大用。在燕军的打击下，朝廷军队节节败退，主力被歼灭。

1402年，燕王朱棣攻占应天（今江苏南京），而在战乱中建文帝下落不明。有人说他在宫中自焚而死，有人说他逃出皇宫后出家为僧，还有人猜测他流落到了南洋一带。同年，朱棣即位，就是明太宗，嘉靖时期改为明成祖。他在位期间改北平为北京，迁都北京，修建紫禁城，还改革政治制度，多次亲征蒙古，派郑和下西洋，编修《永乐大典》。明成祖朱棣在位年间，国家经济繁荣，国力强盛，史称"永乐盛世"。

郑和下西洋

　　郑和是我国明朝著名的航海家、外交家。他原名马三宝，是云南地区的回族人。小时候，他家族昌盛、生活优渥，后来明军南征云南，郑和的家族也随之衰败。可怜的郑和转瞬之间家破人亡，他也被抓进宫里成了一名小宦官。好在他自小聪明能干，后来进入燕王府后表现优异，多次立功，逐渐成为燕王朱棣身边的红人，并被赐名郑和。等到燕王起兵称帝后，郑和又被委以重任，成为内官监太监，最后被挑选为下西洋的领队人物。

　　1405年，明成祖朱棣第一次派郑和下西洋，这个远洋船队由240多艘海船和27400名士兵和船员组成。其中最大的船就是郑和宝船，也就是船队中供指挥人员和外国使节乘坐的主体船只。据载，这艘宝船的船长为四十四丈，宽十八丈。明代的一尺相当于0.331米，那么，郑和宝船的长约为138米，宽约为56米。以当时的技术来说，这艘宝船的大小在世界上绝对算是惊世骇俗。

这一时期，明朝的船舶工艺发展很快。郑和宝船采用全木结构，通过锹钉、铁锔等把船体的木结构拼合、加固在一起。桅帆总体上为硬帆结构，帆面上带有撑条，对桅帆进行加固。船舱上设有横舱壁，把整体的舱分成20—30个小舱，可以根据功能的不同进行安排，这种方式不仅可以加强船体结构，还方便了分类载货。

接到命令后，郑和率领船队，顺风南下，到达爪哇岛上的麻喏八歇国。当时，这个国家的东王和西王正在进行一场内战，郑和的船队登上岛后，西王误以为他们是来援助被自己打败的东王的，结果误杀了郑和手下170多人。此时，战士们义愤填膺，说："我们的同伴不能就这样白白送掉性命，我们一定要为他们报仇！"此时西王也明白是自己杀错了人，心中惧怕不已，急忙派使者向郑和谢罪，说："我们真的是无意冒犯，错以为您是来援助东王的军队。我愿意赔偿六万两黄金，还希望获得您的原谅。"郑和心想，这次无缘无故损失170多名士兵，假如不退让硬上的话，必然会引发一场大规模战斗，那样损失会更大，况且西王已经认识到自己的错误，且真心诚意地请罪道歉，还是应该以大局为重。于是他向朝廷说明情况，与西王和解，说："两国交往重在和谐，已经造成的损失既往不提，黄金也请您留下。望你我两国以后能和平共处。"

此次回国歇息十几天后，郑和就开始第二次下西洋活动。这一次，他主要访问了暹（xiān）罗、印度南端和西南岸的沿线国家，所到之处，赠送钱财礼物，宣扬国威。接下来的几年时间，郑和又先后进行了五次访问活动。直到最后一次下西洋时，郑和终于因为常年奔波劳累过度，于1433年四月初在行程中去世。

从1405年到1433年，郑和总共七次下西洋，他穿越马六甲海峡，横渡印度洋，最远甚至到达了非洲东海岸和红海沿岸，途经三十多个国家和地区。主流的说法认为，明成祖派郑和下西洋是为了宣扬大明国威，还有一种说法认为，明成祖是为了寻找可能流亡海外的建文帝朱允炆。

不过，无论是出于何种目的，郑和下西洋的功绩是不可磨灭的。郑和下西洋前，中国周边的小国家之间纷争不断，在他的努力下，东南亚地区的稳定得到了保障，大明的国威得以树立，周边的小国都开始向明朝朝贡，一方面可以得到大国的庇护，另一方面还能得到许多丰厚的赏赐。

在交流访问过程中，郑和还将中原的文化礼仪、农业技术、制造技术、医疗技术等都带到周边各国，极大地促进了西洋各国的发展。而郑和在下西洋过程中所展现出来的勇敢、睿智的人格魅力，直到今天还被大家铭记。

虎门销烟

19世纪初，正当中国还沉浸在东方大国的幻想里时，英国、法国、美国都开始发展资本主义，英国率先完成了工业革命，建立了"日不落"帝国，号称世界头号强国，而拥有庞大人口资源的中国对他们来说，正是倾销工业品获取白银的最大市场。

当时，清朝政府坚持闭关锁国的政策，这是英国向中国倾销产品的"绊脚石"，所以，英国在两国贸易中始终处于逆差的形势。为了扭转这种局面，英国开始向中国大量走私鸦片以牟取暴利。由于吸食鸦片会上瘾，清政府在一开始便立下禁令，严禁鸦片进口，然而鸦片市场却长盛不衰，再加上一些官吏也能在鸦片贸易中获得巨大利润，所以广州附近零丁洋的鸦片走私活动也越来越猖獗，鸦片禁令形同虚设。"鸦烟流毒，为中国三千年未有之祸。"鸦片的大量输入，使英国如愿以偿，每年大约有六百万两白银从中国流入英国，不但极大地伤害了人民的身心健康，还造成国库亏空，摧残着社会生产力。

林则徐认识到鸦片的危害性，在江苏任巡抚时就多次禁烟,并和道光帝长谈禁烟的必要性。1838年,道光皇帝命林则徐为钦差大臣,前往广东开展禁烟活动。

到了广州以后,林则徐迅速掌握了鸦片贸易中所有烟贩和贪官污吏的名单,没收了所有的鸦片,并从法律角度强制他们永远不再贩卖鸦片:"嗣后来船永不敢夹带鸦片,如有带来,一经查出,货尽没官,人即正法,情甘服罪。"

1893年6月3日这天,整个广州城都沸腾起来了,百姓们敲锣打鼓、成群结队,像是在庆祝佳节。人们一边往虎门海滩赶,一边大声喊道:"快去虎门海滩看吧,要销毁洋鬼子的鸦片啦!"

往虎门的路上川流不息,却丝毫挡不住人们的热情,大家一齐向虎门海滩涌去,去见证这历史的一刻。

虎门临近大海。在海滩的高处,人们挖了两个五十米见方的池子。池子的前面有一个涵洞直通大海,后面有一条水沟。池子周围搭了几个高台。钦差大臣林则徐端坐在高台上,心想:"不管有多大的危险,不管遇到多少困难,我都要把收缴来的鸦片统统销毁!"

林则徐站在高台上,说:"鸦片的进入让我们的百姓妻离子散,无论困难有多大,我都会义无反顾地与鸦片战斗到底,今天的销烟活动，就是一个开始！"

说完，他一声令下，一群士兵将一包包海盐倒进水中，然后把鸦片烟土扔进水池，等到泡透了，再把一担担生石灰倒进水池里。没多久，池子里的烟土和石灰开始产生化学反应，一团团白色烟雾向上蒸腾，烟土也随之消散。

看到这样的场景，人群欢呼雀跃，就连现场的外国商人也深受震撼。

在林则徐的监督下，销烟活动一直持续到6月25日，共历时二十三天，销毁鸦片19187箱和2119袋，总重量2376254斤，这便是著名的虎门销烟活动。

虎门销烟活动有效地遏制了鸦片在中国的泛滥和传播，在民间产生了积极的影响，在中国历史上留下了浓墨重彩的一笔。通过这次活动，人们认识到了鸦片的危害性，也看清了英国向中国贩卖鸦片的本质。

这次禁烟运动大大提高了中国广大民众对鸦片危害性的认识，向外国侵略者展现了中国人民对抗侵略的决心。林则徐清正廉洁、刚正不阿的品质也被后人传唱，成为当之无愧的民族英雄。

阅读方案

历史故事中的中华民族精神

我们在孩提时代，就开始听父母为我们讲古代的历史故事。我们识字后，又在书卷中读到那一个个熟悉的名字和故事。勾践卧薪尝胆，苏秦刺股勤学，赵括纸上谈兵，屈原殉国投江，张骞出使西域，刘备三顾茅庐，岳飞奋勇抗金……这些历史故事不仅丰富了我们的学识，更在潜移默化中，将中华民族传承几千年的民族精神——勤奋学习、自强不息、坚守气节——传递给我们。

孔子说："三人行，必有我师焉。择其善者而从之，其不善者而改之。"在《论语》中，就有很多语录告诉我们学习的重要性。而"老马识途"的故事则进一步扩展了学习的对象，不仅要向他人学习，还可以向动物学习。"纸上谈兵"告诉我们，只进行书本学习还是不够的，要学习与实践相结合，不能凭借着从书本上读来的知识而脱离实际。

"天行健，君子以自强不息。"中华文明之所以能传承几千年而不断绝，与我们民族中坚韧的品格密不可分。"有志者，事竟成，破釜沉舟，百二秦关终属楚；苦心人，天不负，卧薪尝胆，三千越甲可吞吴。"当项羽面对敌军时，破釜沉舟，与其决一死战，终于取得了胜利，占领了秦朝的大片领土。当越王勾践的国家灭亡后，他不惜放低身份，卧薪尝胆，含污忍垢，以暂时的屈辱换来了他日的东山再起。

历史故事也从反面告诫统治者们，要爱惜百姓。商纣王之所以身死国灭，与他的残暴统治密不可分。周幽王烽火戏诸侯，视国家大事为儿戏，最终众叛亲离，一命呜呼。秦朝刑罚残酷，百姓生活困苦，最终二世而亡。

另外，古代士人非常注重个人的品行与节操。如屈原面对"举世混浊"的环境时，不肯同流合污，坚守自己的节操，投身江中。汉朝苏武被扣留在匈奴时，面对各种威逼利诱，依然手持符节，坚守着自己的气节，绝不向敌国投降。

时代在不断地发展，观念在不断地更新，但中华历史故事中所蕴含的精神却历久弥新，给我们的灵魂以滋养。这种精神教育我们要不断地学习，自强不息，坚守节操。我们要继承并发扬我们的民族精神，让世界领略到中国传统文化的博大精深。

源自历史故事的成语

太公钓鱼：太公指商周时期的姜子牙，传说他想获得文王的赏识，帮助文王讨伐殷商，于是在河边用没有鱼饵的直钩钓鱼。文王觉得他是个奇才，将其招入帐下。后来姜子牙帮助文王和武王推翻商纣统治，建立了周朝。还有一个歇后语：姜太公钓鱼——愿者上钩。

退避三舍：比喻退让和回避，避免冲突。古时行军计程以三十里为一舍，三舍即指九十里。春秋时期，晋国公子重耳流亡到楚国，得到了楚成王的礼遇。楚成王问他："如果你以后回国做了国君，将如何报答我呢？"重耳说："如果我真能回国继位，以后在战场遇到楚军的时候，我会退兵九十里。"后来重耳回国继位，成为晋文公，在城濮（pú）之战中遇到楚军时，晋军果真退兵九十里。

唇亡齿寒：如果没有了唇，牙齿就会感到寒冷。比喻双方息息相关，荣辱与共。春秋时期，晋献公向虞国借路攻打虢（guó）国，想趁其不备攻打虢国，再吞并虞国。虞国大夫宫之奇早就看清了晋国的野心，他极力阻止虞公，认为虞国和虢国唇齿相依，如果虢国灭亡，则唇亡齿寒，虞国也将陷入危险的处境。但是虞公没有听他的建议，答应了晋国的要求，结果在晋军灭掉虢国后，被晋军活捉。

毛遂自荐： 比喻自告奋勇，自我推荐去做某项工作。毛遂是战国时期赵国平原君的门客。战国时，秦军攻打赵国，包围了都城邯郸，赵王派平原君前往楚国求助。平原君打算挑二十个门客前往，这时毛遂主动向平原君推荐自己，请求加入前往楚国的行列。平原君不同意，说："你在我门下三年，却并没有什么出色的表现，你还是留下吧。"毛遂说："那是因为之前没有机会，现在有了这个机会，该是我显露才能的时候了。"平原君于是答应了他，带他来到楚国和楚王会谈。毛遂表现出色，成功说服楚王，让大家对他刮目相看。

围魏救赵： 战国时期，魏国围攻赵国都城邯郸，齐国派田忌率军救赵。田忌用军师孙膑的计策，乘魏国内部空虚之时，引兵攻打魏国。魏军赶紧回军，齐军乘魏军疲惫之时，在桂陵（今山东菏泽）打败魏军，赵国因而解围。后来用"围魏救赵"借指类似的作战方法。

狡兔三窟： 狡猾的兔子有三个洞，比喻有多个藏身的地方。战国时，孟尝君被齐王解除了相国的职位，来到薛地定居。他的门客冯谖（xuān）对他说："狡猾的兔子有三个洞，才能免除被猎杀的危险。您现在只有薛地这一个地方，如果齐王想杀掉您，您都没有躲避的地方。请让我再为您寻找藏身之地吧!"于是冯谖去见梁惠王,说孟尝君非常有才能。梁惠王听了之后,派人请孟尝君到梁国做相国。齐王听说后,又派人把孟尝君请回去当相国。冯谖又叫孟尝君在薛地建立宗庙,用来保证薛地的安全。这样之后,冯谖对孟尝君说:"您的三个安身之地都建造好了,您以后可以高枕无忧了。"

负荆请罪: 背着荆杖,向当事人请罪,形容向人认错赔罪。战国时,蔺相如因为"完璧归赵"有功而被封为上卿,位在廉颇之上。不服气的廉颇扬言要羞辱蔺相如,蔺相如得知后,不仅不反击,反而回避、容让,不与廉颇发生冲突。蔺相如的门客看不过去,去问蔺相如,蔺相如却说:"我并不是怕廉颇,而是想到秦国之所以不敢侵略我们赵国,是因为有我和廉将军。如果我们相争,万一秦军乘虚而入怎么办?我这样做,是因为我把国家危难放在前面,个人恩怨放在脑后啊!"廉颇听到后,深感羞愧,于是身背荆杖来向蔺相如请罪,自此之后两个协力保卫赵国。

讳疾忌医: 怕人知道有病而不肯医治,比喻掩饰缺点,不愿改正。春秋时期,名医扁鹊去见齐桓公,他发现齐桓公身体有恙,劝说他赶紧医治,可是齐桓公坚持说自己没病。扁鹊劝说了好几次,可是都被齐桓公拒绝。后来桓公感到浑身疼痛,赶忙派人去请扁鹊,可是扁鹊却早已经逃到秦国了，桓公不久就死掉了。

一字千金： 原指改动一个字赏赐千金，现在常用来称赞诗文精妙，价值极高。战国时，秦国丞相吕不韦组织自己的门客编写了《吕氏春秋》，兼容百家思想精华。书写成后，吕不韦命令手下把全文抄好贴在咸阳城门上，并发出布告："谁能改动一个字，赏千金。""一字千金"由此而来。

暗度陈仓： 借指暗中进行某种活动。秦朝末年，群雄逐鹿中原。刘邦首先攻下咸阳，却被势力强大的项羽逼迫退出关中。为了麻痹项羽，显示自己不再返回关中，刘邦带着人马在撤退途中，烧毁了去往关中的栈道。然而刘邦一天也没有忘记击败项羽，争夺天下。刘邦的军队强大后，派韩信出兵东征。出征之前，韩信派士兵去修复被烧毁的栈道，将敌军主力吸引过来，暗中绕道到陈仓发动突然袭击，大胜敌军。从此，刘邦以关中为基地，与项羽抗衡。

投笔从戎： 扔掉笔去参军，指文人从军。东汉时期，班超家境贫困，在官府做抄写工作来养家。有一天，班超把笔扔开，感叹说："大丈夫应当像张骞那样，为国立功，怎能总在笔砚之间讨生活呢！"后来班超奉命出使西域，立下功劳，封定远侯。

夜郎自大： 比喻骄傲无知的自负或自大行为。汉代西南邻国中，夜郎国（在今贵州西部）最大。夜郎国的国君问汉朝使臣道："你们汉朝大呢，还是我们夜郎国大？"后来人们用"夜郎自大"指妄自尊大。

望梅止渴：比喻用空想或假象安慰自己。东汉时期，曹操率部行军，找不到水源，军士们都渴了，于是他传令说："前面有大片的梅树林，梅子很多，又甜又酸，可以解渴。"士兵们听了这番话，嘴里都流出了口水。趁着这个机会，部队得以到达前面的水源。

七步成诗：七步内就能完成一首诗，比喻有才气、文思敏捷。魏文帝曹丕曾经命令东阿王曹植在走七步的时间内作诗一首，如果作不出来，就要施以死刑。曹植应声便作诗一首："煮豆持作羹，漉菽以为汁。萁在釜下燃，豆在釜中泣；本自同根生，相煎何太急！"魏文帝深感惭愧。

刮目相看：意为用新的眼光看待。三国时期，东吴大将吕蒙的文化水平比较低。有一次，孙权对大将吕蒙说："你身居要职，应当多读书，使自己不断进步。"在孙权的鼓励下，吕蒙开始勤奋学习。后来，鲁肃还以旧眼光看人，觉得吕蒙有勇无谋，却在谈话间发现吕蒙学识大为长进，很受震动。吕蒙说："士别三日，即更刮目相看。"

路人皆知：比喻人所共知的野心。司马懿（yì）是曹魏的大将，揽取了魏国的军政大权，他死后，他的儿子司马昭总览大权，想取代曹髦（máo）为帝。曹髦知道自己做皇帝不会长久，于是召来自己的心腹大臣，说："司马昭之心，路人皆知。我不能再忍受这样的耻辱，我们一起去讨伐他。"大臣们说："如今满朝文武都是司马昭的人，皇上您力量薄弱，恐难以成事。"曹髦不听劝告，率人去袭击司马昭，被杀掉。后来司马昭的儿子司马炎代魏称帝，建立晋朝，追尊司马昭为文帝。

乐不思蜀：蜀汉灭亡后，后主刘禅被安置在魏国的都城洛阳。有一次宴会时，司马昭安排了蜀地的歌舞，刘禅的随从人员都很思念故国。司马昭问刘禅，刘禅却说："我在这里很快乐，不思念蜀地。"后来泛指乐而忘返。

记载历史故事的典籍

本书所选的这些历史故事，主要出自《尚书》《战国策》《史记》等古代典籍，这些典籍记载了无数历史故事，承载着中华文化的精神，流传至今，我们应该增加对它们的亲近与了解。

《尚书》最早书名为《书》，是我国最早的历史文献之一，记载了自尧舜到夏商周两千余年的历史。关于"尚"字，有三种说法。有人认为"尚"意味着"上古"，《尚书》就是上古的书；还有人认为"上"是"尊崇"的意思，《尚书》就是"人们所尊崇的书"；还有一种说法认为"尚"是代表"君上"（君王）的意思，因为它记载了很多臣下与君王的言论，所以被人们称为《尚书》。《尚书》被儒家奉为经典，位列"五经"之一，具有极高的历史价值与文学价值。本书中"武王伐纣"的故事，就出现在《尚书》的记载中。

《韩非子》是先秦法家集大成之作，作者是法家的代表人物韩非子。韩非子是法家思想的集大成者，他吸取了商鞅、申不害和慎到的思想，加以融会贯通，构成自己的独到见解。他的文章构思精巧，幽默诙谐，耐人寻味。韩非子运用了大量的寓言故事和历史故事作为论证资料，形象地阐明了自己的思想。"老马识途"的故事就曾经被他借用，来阐述善于学习的重要性。

《战国策》是从战国到秦汉间纵横家游说之辞和权变故事的汇编，既不作于一时，也不成于一手。纵横家说辞的写本，内容庞杂，编排体例不一，文字也错乱难读。西汉时，刘向按照国别，略以时间编次，将其定为三十三篇，称为《战国策》，"策"是策谋的意思。《战国策》中的篇章大体可分作两类。一类属于早期作品，写作时间距所涉及事件发生的时代不远，虽然文采较逊，但内容大致符合历史事实，《战国策》中的许多中短篇说辞都属于这一类。另一类是晚出的摹拟之作，写作时间距所拟托的时代已远，拟作者对史实已感到茫然，其中许多都是托喻之言、虚构之事，目的只是在于练习雄辩，不能当作史实看待。本书中出自《战国策》的历史故事有"苏秦刺股""荆轲刺秦"。

《吕氏春秋》是战国时期，秦国丞相吕不韦组织门客编写的一部书。《吕氏春秋》一书编写的旨意就是兼容各家思想精华而自成一家，吕不韦在此书的序中写到自己对各家都持有公正的态度，目的就是要糅合各家思想，所以内容涵盖养生、军事、音乐、历史等，也有为人为君之道，非常驳杂。《吕氏春秋》吸收了儒家的民本思想，认为宗庙的根本在人民。它还融合了道家无为而治的思想，认为清静无为才能使国家长治久安。除此之外，《吕氏春秋》还肯定法家的重要性，并部分吸收了墨家"尚贤"的思想，集各家学说的精髓而自成一家。《吕氏春秋》中记载的众多历史故事，如"千金一笑"，也流传至今。

《史记》是历朝"正史"的第一部，作者是西汉的大历史家、大文学家司马迁。从历史的角度说，《史记》开创了"纪传体"史书的新序列，《史记》是我国第一部纪传体的通史；从文学的角度说，《史记》是我国第一部以人物为中心的写人文学作品，它给我国后代人物传记、文言小说的创作开了先河，为小说、戏剧的发展奠定了基础。《史记》共有五个部分，即十二本纪（记历代帝王政绩）、三十世家（记诸侯勋贵兴亡）、七十列传（人臣事迹）、十表（大事年表）和八书（典章制度等）。本书中出自《史记》的历史故事有"纸上谈兵""徙木立信""鸡鸣狗盗""指鹿为马""揭竿而起""约法三章""四面楚歌""李广射虎""苏武牧羊"等。